다른
억양
읽기

서로 다른 생명들의 오롯한 삶을 위하여

다른 억양 읽기

윤재경 지음

창해

억양과 각인이 만든 세계

나는 시골에서 자랐다. 토끼와 발을 맞추는 산자락의 집이 성장의 근거였다. 마을은 30여 호가 도랑을 사이에 두고 음지와 양지로 나뉘었고, 학교까지 가려면 냇물을 두 개나 건너야 했다.

마을에서 도랑을 따라 한참을 걷다 작은 내를 건너면 너른 강변이 나왔다. 강변의 모래톱은 미세한 높낮이의 억양을 긴 언덕길에 펼쳐 놓았고, 백로가 달뿌리풀 사이에서 날아올랐다. 큰 내에서는 바지를 무릎 위까지 걷어 올리고 책보는 둘러메고 신발은 들어야 했다.

초등학교 4학년 때, 겨울방학 숙제가 시 한 편 쓰기였다. 시는 잊었지만 베 짜는 소리가 노래로 들렸다는 내용으로 기억한다. 개학 날 선생님이 호명해 교단 앞에서 〈베틀 소리〉라는 시를 읽었고, 필기구를 선물로 받았다.

할머니가 골방에서 베를 짜는 과정은 도투마리에서 풀려나오는 날실을 잉아로 윗날과 아랫날로 나누고, 그 사이에 북으로 씨실을 넣어 바디로 조였다. 발로 끌신을 당겨 용두머리를 움직이면 날이 바뀌며 베가 짜였다. 스르륵 꽉! 스르륵 꽉! 스르륵 꽉꽉! 어느 때는 한 번, 어느 때는 두 번 바디로 조였다. 눈 내리는 적막 속에서 베틀 소리는 자연과 잘 어울리는 노랫가락이었다.

모든 사물은 자기만의 색, 이미지, 형질이 있고 변화하는 속성이 있다. 글을 쓴다는 것은 시간을 각인하는 일이다. 시간을 각인하려면 사물의 순간을 포착해야 하는데, 순간은 서로 다른 소리를 낸다. 달라서 억양이 생긴다.

시간을 각인하는 일은 사물의 억양을 포착하는 데서 시작해야 하지만, 사물도 자체의 삶이 있어서 억양이 달라진다. 달라지지 않는다 해도 사물을 어느 위치에서 보느냐에 따라 억양은 달리 인지된다. 우리의 시선이나 감각이 사물과 만나는 지점이 순간의 억양인 셈이다.

사물의 억양은 문명적인 것과 자연적인 것, 즉 문명의 억양과 자연의 억양으로 나눌 수 있다. 문명의 억양이 사회적 시간에 존재한다면, 자연의 억양은 자연적 시간에 존재한다. 둘로 나누기는 했지만, 겹친 부분이 많다.

도시에서는 문명의 억양이 우세하게 작동하고, 시골에서는 자연의 억양이 우세하게 작동한다. 매미 소리도 도시에서는 우악스럽게 들리고 시골에서는 즐겁게 들릴 수 있다. 문명이 발전할수록 자연을 주름지게 하거나 그늘지게 한다. 그 억양의 차이를 포착하는 일이 사물을 제대로 들여다보는 방식이고 능력이다.

'세계'라는 오케스트라 안에는, 음(音)을 내지 않는 것으로 여겨질 악기들까지 포함되어 있다. 현재 들리는 악기의 음은 일부다. 연주되어도 듣지 못하는 악기의 음이나 연주되지 않고 있는 악기의 음이 '세계의 음'을 이루고 있다. 세계는 순간의 억양에 의해 규정된 박자 위에서 통제된다.

세계를 '억양'으로 읽으려 한 것은 존 버거(1926~2017)의 영향이 컸다. 그의 책 《그리고 사진처럼 덧없는 우리들의 얼굴, 내 가슴》(1984)에 〈꿈〉이라는 시가 있다. "지구의 한구석에 나는 내 모국어의 모든 억양을 묻는다. 거기 그 억양들은 개미들이 모은 솔잎처럼 누워 있다. 훗날 또 다른 방랑자가 나타나, 가만가만 소리쳐, 그것들을 불러일으킬 것이다. 그때면, 그는 자장가를 듣는 것처럼 따스하고 편안하게 밤새 진실을 들을 것이다."

나는 존 버거가 어느 구석에 묻었던 언어의 억양을 가만가만 불러일으키고 있다. 솔잎처럼 누워있는 억양들의 진실을 듣고 싶어서다. 사물의 억양을 어떻게 읽느냐에 따라 이전에 없던 베옷이 탄생할 것이다.

오랜 세월이 흘렀지만, 나는 세상이라는 베틀에서 바디를 달리하며 삶을 직조했다는 생각이 든다. 문명과 자연의 억양 속에서 때로는 강하게, 때로는 약하게, 때로는 침묵으로 다른 베옷을 탄생시키는 언어를 사용하며 살아왔다.

윗날이 사회적 시간이라면 아랫날은 자연적 시간이라 할 수 있다. 윗날과 아랫날은 균형을 이루어야 했지만, 윗날인 문명의 억양을 도드라지게 각인하며 살아왔다. 끌신을 당겨 아랫날이 드러날 차례가 되었다.

지금은 귀향하여 정원을 가꾸며 산다. 그 터를 '성재여행'이라 이름 지었다. 자연의 억양에 따라 사는 곳이 되었으면 하는 바람이 담겨있다. 쑥과 대나무가 자라는 도랑 옆 '심여지' 주위가 나의 새로운 직장이고 학교다. 이곳에서 하고 싶은 일을, 하고 싶은 시간에 한다.

일하는 틈틈이 이전에 없던 징후들을 보여주는 '기후변화 시대' 속에서 자연의 리듬과 억양을 포착해 보려고 한다. 정원과 마을, 안수산을 연계하여 개인 ESG(Environmental, Social and Garden)를 실현하는 활동을 통해서다. 기후 문제에 대한 대응은 나부터 실천한다는 생각에서 사회적 책임을 구현하는 공간으로 정원을 활용하는 일이 될 것이다.

그런 생각을 담으려고 《다른 억양 읽기》는 4부로 구성했다. 1부와 2부는 현재의 이야기를, 3부는 과거의 이야기를, 4부는 미래의 이야기를 통해 서로 다른 생명들이 오롯한 삶을 살기 위한 억양들을 읽었다.

1부는 자연의 억양을 찾아 각인한 이야기다. 황토방을 짓고 안수산에서 해 뜨는 위치로 계절과 시간을 만나고, 사물들의 언어를 배운다. 복수초가 피면 나무 전지를 서두르라는 신호다. 산개구리가 울면 입춘임을 몸이 알아챈다. 냉이와 쑥이 자라면 마을 사람들이 캐러 온다. 자연의 시계와 억양에 따라 사는 모습이다.

2부는 안수산이 드리운 삶의 억양을 나누는 이야기다. 마을 사람과 함께 신화나 민담이 깃든 나무나 골짜기, 바위 주위를 보살핀다. 안수산 가는 길을 닦고, 그 길을 젊은이들이 오르며 느슨한 공동체를 이루는 과정과 내용을 담았다.

3부는 문명의 억양에 따라 살아온 삶을 각인한 이야기다. 군대와 직장 생활, 대학 강의, 기업 자문 활동 등 사회적 시간을 보내며 겪은 사건과 스펙터클에 해당할 만한 억양들을 포착했다. 나아가 책과 여행을 통해 삶의 태도와 사회적 책임을 강화했다.

4부는 기후변화 시대라는 거대한 억양 속에서 개인이 할 수 있는 일들을 각인하는 이야기다. 성재여행에서 개인 ESG의 활동을 통해 기후변화의 파수꾼이 되는 일이다. 지속가능한 소농을 꿈꾸고, 이를 글로 쓰며 시행하는 과정을 다룬다.

안수산과 만경강, 산골 도랑은 내 삶을 자연의 억양으로 이끄는 공간이다. 성재여행은 이들을 잇고 연대하며 합주한다. 나무와 꽃,

8

연못이 있고 나비와 잠자리, 고라니가 더불어 살며 억양들이 균형을 이룬다. 그 음을 들을 때 생의 진경(眞景), 즉 진실 속에 있다는 느낌이 온다.

모든 존재는 시간과 공간 속에서 맺은 관계에 따라 억양을 달리한다. 순간의 억양은 사물의 소리이고 움직임이고 감정이고 그림자다. 다른 억양 읽기는 사물을 들여다보는 방식이고, 순간의 억양을 각인하는 일이고, 사물의 존재를 증명하는 일이다. 그렇게 책이 되었다.

책이 나오기까지는 창작반에서 천세진 작가님과 공부하며 글을 보고 쓰는 눈을 키웠다. 글의 느낌이나 억양은 김동규, 박현정, 이명화, 김정환, 김황철 선생님과 조윤미 박사의 도움이 컸다. 송숙희 작가님이 애정하는 창해출판사를 소개해 주었고, 황인원 사장님은 멋진 책을 만들었다. 그리고 사랑하는 아내 성숙과 다슬 다혜 주혜 성철 서준이 있어 가능한 일이었다. 모두에게 감사드린다.

● 차례

3부 ————— 억양을
　　　　　　　　각인하는 일

다른
억양
읽기

1부 ──── 자연의 억양을 찾아서

나의 도원

●

그때는 마음속에 옹골찬 씨알 하나가 자리를 잡고 움틀 준비를 하고 있는지를 미처 알지 못했다. 삶의 물결을 따라 오랜 시간이 흐르고 나서야 가스통 바슐라르(1884~1962)가 주장하는 '물질의 상상력'이론이 현실로 드러났다.

바슐라르는 《물과 꿈》에서 인간의 꿈은 본질적으로 물질적이고, 꿈은 어린 시절에 탄생지에서 이미 물질화된다고 주장했다. 고향이란 하나의 '영역'이기에 앞서 하나의 '물질'이고, 강이나 골짜기 물이 흐르는 곳에서 태어난 사람은 물에 의해 무의식이 지배된다고 봤다.

고등학교를 도회지로 나가 다니던 때였다. 주말에 고향에 와 집 뒤란에 있는 도랑을 따라 오르면 구석 바위가 나왔다. 사방이 골짜기로 둘러싸여 하늘만 보이는 곳에 널찍한 바위가 있고 그 밑으로 골짜기 물이 흘렀다. 바위에서 책을 보다, 놀다, 걷다, 를 하며 앞일을 생각했다.

막연하고 불안하고 설레는 감정이 순서 없이 얽혀있었으나 '언젠가는 고향에 돌아와 살아야지'하는 생각이 실마리처럼 잡히고는 했다. 그런 생각은 구석 바위에 올 때마다 들었고 그때마다 생각은 단단해졌다.

그 뒤 학업을 마치고 직장생활을 시작했다. 회사는 전국에 사업소가 있어 이곳저곳을 옮겨 다녔다. 고향은 명절 때나 가끔 들렀고, 바위를 찾아가 시간을 보내던 일도 흐릿해져 갔다.

그러다 퇴직을 몇 년 앞두고 고향 사업소에서 근무하게 되었다. 그제서야 옛 다짐이 생각나 기회 있을 때마다 구석 바위를 찾았다. 물이 골짜기로 모여 흐르듯 무의식 속에서 고향을 향한 마음이 흐르고 있었음을 깨달았다.

지금은 고향에서 정원을 가꾸며 산다. 오래전에 다짐했던 일을 풀어가는 공간을 〈성재여행(聖才與幸)〉이라 이름 지었다. 마을 지명인 성재동에서 자연과 사람이 더불어 사는 행복한 곳이라는 나름의 뜻을 담았다.

성재여행은 안수산이 뒤를 든든하게 안아주고 안수산의 아우나 자식일 산들이 삼면을 감싸고 있는 곳에 자리를 잡고 있다. 북서로 탁 트여 읍내가 훤히 보이고 맑고 수량이 풍부한 만경강이 앞내를 이룬다.

중국에서는 지상낙원을 '무릉도원(武陵桃源)'이라고 일컫는다. 도연명(365~427)이 관직을 떠나 고향인 강서성 여산 자락에 들어가 《도화원기》를 쓴 데서 유래했다. 무릉의 한 어부가 발견했다는 복사꽃이 만발한 곳으로 평화롭고 풍족한 이상사회를 말한다.

성재여행이 그런 곳이 되었으면 한다. 꿈을 이루는 일은 상상의 일이 아니다. 하나하나 직접 만들어가야 하는 일이고, 진경을 만드는 일은 고됨과 불편을 마다하지 않아야 한다.

꿈에도 나름의 원칙이 필요하다. 겉으로만이 아니라 깊은 속까지 그렇게 되었으면 하는 바람이 필요하다. 그 바람을 실천하는 여러 원칙을 세웠는데 농약이나 비료는 쓰지 않고 자연 친화적으로 만들어가는 것을 제1원칙으로 삼았다.

그동안 문명의 억양을 따라 앞만 보고 살아왔다면, 이제는 자연 속에서 뒤도 보고 옆도 보면서 자연의 억양에 따라 살아보려고 한다. 세상의 시간을 모두 가진 것처럼 천천히, 더디고 느린 시간을 즐기려 한다.

집에서 산 쪽으로 잔디밭과 텃밭이 자리를 잡았다. 텃밭은 상추, 고추, 당근, 오이를 심고 돌려짓기한다. 조금 떨어진 곳에는 여러 종류의 꽃들이 어울리는 정원이 있다. 꽃들이 냉이와 쑥, 머위, 취나물과 어울려 자란다.

나무가 자라는 구역도 있다. 지역 토질에 맞고 주변 경관과 어울리는 품종을 심고 있다. 매실과 복숭아, 자두, 대추, 살구 등의 맛을 볼 수 있다. 매실나무가 많지만 앞으로 복숭아나무를 더 심으려한다.

산기슭을 따라 구석 바위로 이어지는 야생화 군락지도 있다. 복수초, 제비꽃, 산자고, 현호색, 꿩의바람꽃이 지천으로 자생한다. 계곡물이 정원을 감싸고 흐르고, 연못과 습지를 잇는다.

이곳에 터를 잡고 밑그림을 그리는 일은 내가 했지만, 가꾸고 보살피는 일은 가족이 나누어 맡았다. 주말이면 형편이 닿는 대로 모여 각자 맡은 일을 한다. 텃밭은 아내, 정원은 딸네가 살피면서 서로 돕는다. 그렇다. 이곳이 나의 도원(桃源) 성재여행이다.

오늘은 어떤 꽃이 피었을까, 미처 보지 못한 풀은 무엇일까 궁금해서 하루에도 몇 번씩 꽃과 풀과 나무의 경연장으로 향한다. 연못에서는 물고기와 수련, 꽃창포, 연꽃이 어우른다. 성재여행을 찾는 많은 새의 이름과 소리는 일일이 식별하지 못한다. 새소리는 공으로 들을 뿐이다.

날마다 자연이 새로운 모습으로 다가온다. 호기심이 작동하고 경이감이 화답한다. 그럴 때면 이곳이 무릉도원이 아닐까, 하는 생각이 들 때가 있다. 거처가 누추하고 마음이 가난하니 자연이 돋보여서일 게다. 어릴 적 마음속 씨알 하나가 열매를 맺은 셈이다.

나력의 삶

●

 겨울이면, 나무는 낙엽을 떨구고 줄기와 가지로 산다. 그런 나무의 모습을 보고 알프레드 테니슨(1809~1892, 영국, 시인)은 〈참나무〉에서 "보라! 줄기와 가지로 나목 되어 선 벌거벗은 힘을"이라고 읊었다. 잎을 떨구고도 남아 있는 힘이 나력(裸力)인데, 자연의 시간과 리듬을 따르는 나무처럼 살라는 당부의 시로 읽힌다.

 직장인으로 32년을 살다 퇴직했다. 이제부터는 잎을 떨군 나무처럼 나력으로 살아야 한다. 직장인으로 살던 때는 회사가 일과 시간을 통제했다면 이제는 내가 삶의 결정권을 가지게 되었다. 스스로를 고용해 오롯이 내 삶을 살고, 지금까지 살아왔던 방식과는 다른 개념과 감각으로 살아야 한다.

 새벽 6시가 되면 정원이 부르는 듯하여 잠자리에 머물러 있을 수 없다. 밤사이 나무와 꽃이 아무 일 없이 지냈는지 궁금하다. 장화를 신고 정원으로 나선다. 딱히 정해진 길은 없다. 나무가 궁금하면 그리로 가고, 꽃이 먼저다 싶으면 그쪽으로 발길이 간다.

정원에 들어서는 것은 자연과 대화하는 일이다. 이슬을 머금은 풀섶 길은 눈길처럼 지나온 흔적을 남긴다. 천천히 나무와 꽃을 살피며 대화하다 보면 어느새 몸은 가벼워지고 정신은 맑아진다. 자유로운 대기 속에 있다는 느낌이 함께 온다.

텃밭은 괭이로 파서 일구고, 작물은 가족이 먹을 정도만 가꾼다. 꽃과 나무를 조금씩 심는다. 한 종류만 심거나 빼곡하게 심지 않는다. 나무가 울창하고 촘촘하면 모기와 벌레가 무성하게 서식한다. 바람이 잘 통하고 여러 종류의 나무와 꽃이 섞여 어울릴 때 보기에 좋다.

주말에 가족이 모이면 정원살이에 대해 이야기한다. 정원은 어떤 철학을 가지고 꾸미는가, 정원의 구조와 배치는 적정한가, 자연주의 정원을 만들고 있는가를 함께 묻고 답한다. 그러면서 정원에서 각자 맡은 일을 한다.

연못이나 정원에 있는 돌을 주울 때가 있다. 아내는 줍고 나는 수레로 나른다. 돌은 무너졌거나 패인 도랑 둑을 보강하는 데 활용한다. 나무는 사서 심기도 하고 인근 농장이나 지인들과 나눈다. 금년에는 다래와 돌배, 남천을 얻었다. 꽃은 넘치는 것은 주고, 모자라는 것은 얻어서 심는다.

물은 산골 도랑과 연못, 습지가 이어져 어느 곳에서든 활용할 수 있다. 꽃과 나무가 자라는 물댄동산 같은 곳이 되어 간다. 햇빛과 바람과 비에 적응하는 자연의 모습에서 자연의 리듬과 억양을 닮아간다.

나무는 열매보다 잎과 꽃을 즐기고, 농약과 비료는 쓰지 않는다고 웃는 방문객이 있다. 그럴 때면 소동파(1037~1101, 북송, 시인, 정치가)가 〈녹균헌〉에서 "고상한 듯 하지만 바보 같다(似高還似癡)"라는 시가 떠오른다. 시에서 "고기가 없으면 사람을 야위게 하고 대나무가 없으면 사람을 속되게 해 대나무가 푸른 집을 고집한다."라고 말하자 주위 사람이 비웃는다는 내용이다.

자연주의 정원을 만들면서 스스로 정한 원칙을 지킨다. 무엇을 수확하기보다 보고 즐기고 깨닫고 실천하는 일이 우선이다. 그 과정에서 실없는 짓이라는 주위의 비웃음은 어느 정도 감당해야 할 몫이다.

일은 아침과 저녁으로 한 시간을 넘지 않는다. 나무를 심든 잔디밭의 풀을 뽑든 이 원칙을 지킨다. 더 하고 싶어도 딱 그만큼만 한다. 조금씩 야금야금해야 즐겁고 재미가 있다. 일의 노예가 되는 일을 경계한다.

정원에서 하는 일은 글로 쓴다. 영화 〈파인딩 포레스터〉 (2001)에 "왜 남을 위해서가 아니라 나를 위한 글이 언제나 더 좋을까."라는 대사가 있다. 공감이 가는 말이다. 나무와 꽃의 증인이 되는 일이 글감이 될 것이다. 글이 쌓이면서 나력의 삶도 조금씩 드러날 것이다.

햇빛 세례

•

　겨울의 아침은 늦게 열린다. 안수산 자락의 환한 시간은 게으름을 충분히 피울 수 있게 허락한 뒤에 시작한다. 해가 산을 넘어와야 하기 때문이다. 겨울에는 산 정상 부근에서 해가 뜨는데, 10시 무렵이다.

　안수산은 1년이라는 거대한 시계 속의 숫자판 같다. 산이 만든 시계에서 한 시간은 우리 세계의 한 달이다. 해는 1월, 2월로 접어들어 정상에서 능선을 따라 북쪽으로 이동하며 모습을 드러낸다. 2월엔 능선 중턱쯤에 와 있다. 해돋이로 시간과 계절을 가늠한다.

　하늘과 산이 능선을 따라 경계를 이룬다. 소나무와 참나무가 경계 지대를 이루어, 그 지대가 하늘의 푸르름 속에 한 폭의 그림이 된다. 안수산의 시계는 소나무와 참나무의 높이만큼 올라와야 작동한다.

　서재에서 해 뜨는 모습을 통해 소나무와 참나무를 구분할 수 있다. 해가 소나무 위로 뜰 때는 푸른 솔잎이 울창해 산과 같고, 참나무 위로 뜰 때는 흑점을 드리운 듯 다양한 형태를 띤다. 해가 진달래, 물푸레나무를 거쳐 참나무나 소나무를 타고 올라온다.

해를 보고 있으면 시계는 움직이지 않고 멈춰있는 것 같다. 해가 나무의 줄기를 타고 오를 때는 감지할 수 없을 정도로 은밀하게 진행한다. 잎이 초침이 되고 가지가 분침이 될 것이다. 그걸 분간하는 감각은 누가 가르쳐주지 않아도 예민하게 가졌으면 좋겠다는 생각이 든다.

능선은 바람이 잦다. 소나무는 비와 바람, 눈보라를 기꺼이 받아들인다. 산세와 바람길을 계산하여 가지를 한 쪽으로 집중하거나 아래로 뻗는다. 소나무가 위로 자라려 고개를 드는 순간 비와 바람의 호된 시련을 각오해야 한다.

참나무는 조금 다른 양상을 띤다. 참나무 6형제는 사이좋게 산을 두고 영역을 나누어 자란다. 떡갈나무, 갈참나무, 졸참나무 등은 산기슭이나 중턱에서 자라고, 산의 정상이나 능선에서는 신갈나무를 볼 수 있다. 해가 어느 신갈나무 위로 떠오르는지 어림해 보는 일은 즐겁다.

해돋이 길을 따라 산에 오르니 산세와 지형은 물론 나무들의 상태까지를 세세하게 알 수 있다. 바위나 나무는 쉴 곳을 지정해 준다. 능선을 따라 걷다 보면 만경강과 논, 밭, 집들이 산세와 어울린다. 산에서 마을을 보고, 집에서 산을 본다.

불덩이가 솟는다. 해돋이 의식을 치를 차례다. 안경을 벗고 눈을 감고 햇빛을 영접한다. 눈이 따뜻하고 포근하고 아련하다. 잠시 눈을 떠 햇빛을 봐도 좋다. 붉은빛이 눈을 타고 들어와 온몸이 '햇빛 세례'를 받는다.

의식을 치르면 노트북에 날씨와 기온, 미세먼지 농도를 기록한다. 날씨와 기온은 하루의 방향을 잡아주고, 미세먼지 농도는 기후 변화를 감지하는 지표다. 한 일을 살펴보고, 할 일을 챙긴다. 하루가 조금은 농밀해지는 느낌이다.

한 일 곁에는 씀씀이도 적는다. 돈이 되는 경제활동에 주력하지 않으니 이를 잘 챙겨야 한다. 필요한 것에는 쓰지만, 아껴 쓰는 만큼 좋은 것은 없다. 재물이 없으면 한결같은 마음을 갖기 어렵기 때문이다.

이렇게 하루를 개장하면 시간과 비용이 다르게 다가온다. 일의 순서가 정리되고 하지 않아도 될 일, 쓰지 않아도 될 씀씀이가 드러난다. 기후변화를 체감하고 정원에서 할 일이 자연스럽게 정해진다.

진정한 즐거움은 한가로움에 있다는 말을 실감한다. 산에 오를 때는 어느 계절, 어느 시간대를 걷는지 생각한다. 하루하루가 자연의 억양에 따라 살고 있다는 감각이 쌓여간다. 그런 이유에서 시골에서 기다려지는 일은 단연 해돋이다. 해를 기다리면 어두운 반나절도 길고, 긴 기다림 끝에 해를 맞는 기쁨이 찾아온다.

온기의 출처

●

황토방 통창으로 밖을 보니 눈이 내린다. 흰 눈 속에 흐릿하게 보이는 형체들이 있다. 감나무, 살구나무, 매실나무다. 내가 나무를 심지 않았다면, 나무의 위치를 알지 못한다면 나무의 종류를 구분하기 어려울 정도다.

나는 안다. 오래 알고 지내 온 어느 이의 걸음이 머릿속에 새겨지듯이 매일 보는 나무들의 수형이 머릿속에 있다. 세심하게 바라보면 큰 가지들뿐 아니라 낱낱의 가느다란 나뭇가지들까지 기억에 앉힐 수 있다.

그 가지들에 눈이 덮이고 있다. 처음에는 나뭇가지를 가릴 정도로 눈이 쌓이고 그 위로 더 내린다. 나뭇가지는 조금씩 아래로 처지며 긴장한다. 나뭇가지의 팽팽한 긴장감이 전해져 온다. 조마조마하며 눈송이의 무게를 가늠해 본다.

눈의 무게가 버거운지 소나무 가지가 땅 쪽으로 휘어져 있다. 눈이 쌓일수록 조금씩 더 휘어질 것이고, 휘어지는 진행은 무게의 압박에 순응하는 자연의 이치다. 눈이 내려 나무가 예상하지 못한 한계를 넘으면 뚝 하고 가지를 놓을 수 있다.

눈의 질량감이 다가온다. 어제까지만 해도 안수산 정상을 가리키던 가지가 오늘은 산 중턱을 가리킨다. 바람이 불어 눈이 흩날리면 휘어진 가지는 한숨을 돌리고 일어선다. 휜 가지의 방향은 무게를 가늠하는 눈금이다.

눈의 질량감을 가늠하다, 문득 어릴 적 지게질하던 기억이 떠오른다. 나무를 한 짐 지고 산을 넘을 때 한 발짝 걷는 것이 고통스러웠다. 어깨가 빠질 듯 짓눌렸다. 두 발의 균형을 잡고 작대기에 힘을 쥐 일어서면 다리는 후들거리고, 지겟다리가 돌이나 나무에 부딪혀 넘어지면 다시 짐을 싸 걷다 쉬다 하기를 반복했다.

세상에서 가장 힘든 일이 지게질이라고 생각했던 적이 있었다. 지게질은 몸의 에너지를 일시에 소비하고 그 과정에서 온기를 뿜어낸다. 발은 시리지만 이마에는 땀방울이 흐른다. 나무를 집에 풀어놓으면 몸은 뻐근했지만, 마음은 해냈다는 뿌듯함으로 가득 찼다.

산과 나무 사이로 바람이 휙 하고 불면 눈이 방향을 잃고 이리저리 흩날린다. 내리는 눈과 가지 위에 쌓인 눈이 섞인다. 눈보라가 사나운 소리를 내며 높은 곳과 낮은 곳을 쓰다듬고 쌓이는 모습을 안수산은 심란하게 굽어본다.

다행이다. 석류나무와 배롱나무는 볏짚으로 감싸져 있다. 추위에

약한 나무들은 볏짚으로 몸통을 싸주면 추위를 막아주고 햇빛을 받아 온기를 간직한다. 나무가 볏짚 사이로 공기와 잘 소통한다.

흙도 습기와 냄새를 머금고 숨을 쉰다. 건강한 흙에서 미생물이 잘 서식하는 것처럼 황토방도 들숨과 날숨을 미세하게 쉰다. 방 안이 쾌적하다. 뜨끈한 아랫목은 온몸을 온기로 감싼다. 등이 방바닥과 하나가 된 듯 아늑하다. 자고 나면 몸이 가뿐하고 기분이 상쾌하다.

황토방의 온기는 그냥 얻어지는 게 아니다. 불쏘시개에 불을 붙여 참나무 장작을 넣으면 연기가 곱다. 소나무는 그을림이 있고, 집을 헐고 나온 폐목도 연기가 새까매 쓸 게 못 된다.

타오르는 불은 의지와 관계없이 바라보게 된다. 불 가까이 사람을 끌어모은다. 저녁때는 불을 뒤적이며, 붉게 일렁이는 불을 바라보며 김을 굽는다. 허옇게 김이 서린 아내의 얼굴에 불의 온기가 얼굴선을 따라 흐른다. 흐르는 온기는 밥알로 흘러들어 입맛을 돋울 것이다.

나무는 일정한 온기를 유지해야 겨울을 날 수 있다. 온기는 곧 생명력이다. 사람도 마찬가지다. 나무의 겨울나기를 바라보다 황토방에서 글을 쓴다. 글은 딸이 손주에게 읽어 줄 것이다. 황토방의 온기는 아니어도 마음의 온기는 전해질까.

심여지의 탄생

●

잔디밭의 잔디가 제법 자리를 잡았다. 텃밭에서는 고추와 가지, 토란이 풀과 경쟁하며 자란다. 나무는 종류별로 다섯 그루에서 열 그루 이내로 심는다. 땅이 좋아서인지 나무들이 하나같이 잘 자란다. 더 심고 싶은 유혹을 느낀다.

텃밭 가꾸기와 나무 심기는 초짜 농부도 해볼 만한 일이라는 생각이 든다. 농사를 지어 소득을 내야지 하는 욕심은 내지 않는다. 다른 사람의 시선을 의식하지 않고 스스로 정한 원칙을 따르다 보면 그리 어려운 일이 아니다.

연못은 정원의 구도와 흐름을 결정하는 중요한 존재다. 연못이 없는 정원은 생각할 수조차 없다. 정원이 형태를 갖추어 가며 가장 고심한 대목이 연못 만들기였다. 3년의 세월을 두고 실패를 거듭해 얻었다.

처음에는 도랑 위쪽에 있는 웅덩이에서 낙차를 이용해 물을 담을 요량이었다. 긴 호스를 통해 물이 연못으로 쏟아질 때 물소리는 경쾌했고, 무언가를 해냈다는 대견함과 흐뭇함이 입가에 번졌다.

하지만 며칠 지나면 물이 바닥을 드러냈다. 물이 어디론가 사라지고 연못은 말라 있었다. 흙과 모래, 나뭇잎 따위가 물이 드는 호스 입구를 막기 일쑤였고, 물의 일부는 바닥으로 새고 일부는 하늘로 증발했다.

"연못의 바닥은 시멘트 콘크리트를 해야 한다.", "바닥을 방수포로 덮고 그 위에 흙을 깔아야 한다.", "한지로 바닥을 싸고 진흙으로 덮어야 한다."라는 등, 사람마다 처방은 분분했다. 모두 전문가인 양 한마디씩 보탰다.

그런 조언들은 도움이 되지 않았다. 할 수만 있다면 인공적 요소를 가미하지 않는 천연 연못이어야 했기 때문이다. 연못이 있는 곳이면 여러 곳을 가봤지만, 부분적으로 참고할 수 있을 뿐 마음에 쏙 드는 곳은 발견하지 못했다.

몇 번에 걸쳐 연못을 확장하고 바닥을 더 팠더니, 암반층이 나왔다. 마침내 물이 바닥으로 새지 않았다. 들어오는 물의 위치와 나가는 물의 수위를 조절해 연못에 빠질 위험을 근원적으로 줄였다. 야생동물이 물을 쉬이 마실 수 있도록 설계하다 보니 여러 계단을 가진 연못이 탄생했다.

도랑에서 관을 묻어 물을 받는다. 평소에는 물이 연못으로 들어와 일정 수위에 이르면 다시 도랑으로 나간다. 물이 들면 있던 물을 밀어내 자연스럽게 순환한다. 비가 와 물이 많거나 홍수 때는 연못으로 들어오는 입구가 닫혀 도랑으로 흐른다. 물은 잠시 빌려 쓴다.

연못이 완성된 뒤에는 나의 일과가 달라졌다. 누가 보면 달라진 게 없다고 말할 수도 있는 변화겠지만 내게는 그렇다. 아침에 눈을 뜨면 벌써 마음은 연못에 가 있다. 아침 산책에서 맛보는 풍경과 느낌이 사뭇 달라졌다.

도랑을 따라 걷다 연못에 이르면 먼저 온 방문객이 있다. 백로가 짝을 지어 연못에 있거나 나무에 앉아 있다. 백로는 왜가리와 함께 여름 철새다. 긴 다리를 가지고 있고, 날 때는 목을 S자로 굽힌다. 어느 때는 왜가리와 함께 나무에 앉아 있는 모습을 볼 때도 있다.

연못은 물이 맑아 갈겨니와 버들치, 개구리 등의 생태를 소상히 볼 수 있다. 주위는 산골바람이 불어와 한여름에도 선선하다. 방문객들은 설마 이런 곳에 연못이 있으리라고는 예상치 못했다는 반응이다. 이때를 놓치지 않고 이름을 지어 보라 권유해 얻은 이름이 '심여지(心餘池)'다. 마음이 여유로운 연못이라는 뜻이다. 물을 빌려 쓰듯 이름도 얻어 쓴다.

심여지는 산 쪽으로 네 개의 층위를 두고 둔덕마다 꽃과 나무가 자란다. 뽕나무를 타고 오르던 칡넝쿨이 나무 끝에서 내려와 연못을 장식한다. 버드나무는 일만 가지의 잎새를 드리운다. 붓꽃과 데이지, 부들이 어울리고 습윤한 곳에는 자운영꽃이 수줍은 듯 자줏빛을 띤다.

수련은 깊은 곳에 자리하고, 얕은 곳에는 연이 자란다. 연꽃이 필 때면 그 옆의 부레옥잠도 질세라 꽃을 피워낸다. 못가엔 꽃무릇이 연못 식생이 궁금한지 꽃대를 높이 곧추세운다. 그 속에서 물고기는 물을 튕기는 잠자리에 놀라 흩어지며 논다.

당 시인 왕유(王維, 699~759)는 벼슬의 부침을 겪은 뒤 47세에 종남산 망천에 별장을 짓고 살았다. 그의 시 〈죽리관〉을 보면 "깊은 대숲 속에 홀로 앉아서 거문고 타고 또 휘파람 길게 부네(獨坐幽篁裏 彈琴復長嘯)."라는 구절이 있다. 자연에 자신을 맡기고 자연의 절주(節奏)에 따라 거문고를 타고 휘파람을 부는 모습이 그려진다. 자연과 하나가 되는 순간을 포착하여 읊은 시다.

연못 주위에 심은 대나무는 죽순이 돋아나 대나무숲이 되어간다. 연못에서 물고기가 뛰노니 백로가 날아온다. 쉼이 있으니, 마음이 여유롭다. 유심초의 〈나는 홀로 있어도〉를 부르다, 이산 저산으로 이어지는 〈사철가〉가 절로 흘러나온다.

자연의 영화이론

●

로버트 프로스트(1874~1963)의 시를 만나는 기쁨이 크다. 〈가지 않은 길〉을 애송하고 있던 차에 완주인문네트워크에서 시행하는 프로그램을 통해 〈자작나무〉라는 시를 알게 되었다. 어린 시절에 하던 일들이 고스란히 담겨 있어 그 맛과 정서를 느껴보고 싶어 시집을 다시 보며 즐긴다.

프로스트는 자연 시인이라는 호칭이 따라붙는다. 뉴햄프셔주의 데리 농장과 프랑코니아 농장에서 16년을 살면서 보고 느끼고 생각한 것들이 시가 되었다. 자연과 교감한 사유를 직접 말하거나 표현하지 않고 자연이라는 대체물로 에둘러 말한다.

〈장작더미〉, 〈도끼자루〉, 〈참나무 숲에서〉, 〈반딧불〉, 〈풀베기〉와 같은 작품 속에서 펼쳐지는 일들은 농장에서 마주하는 일이다. 프로스트는 자연을 소재로 삼았지만, 인간의 삶과 관련이 깊은 시를 썼다. 시골살이의 풍경과 일상, 사유가 시가 되어 인간에게 하고 싶은 말을 자연이 말하게 했다.

시 〈해빙의 바람에게〉를 보면 "시인을 문밖으로 내몰아라."라고 읊고 있듯이 자신을 자연으로 내몰았다. 자연 속에서 시를 썼기 때문에 계절과 풍경, 시적 분위기를 생생하게 느낄 수 있다. 시를 읽을 때도 자연 속에서 읽어야 제맛이 나고 느낌이 살아난다.

시에 등장하는 소재는 정원에서 내가 하고 있는 일들과 크게 다르지 않다. 아침이면 그날 일에 필요한 장비와 함께 프로스트의 시집을 챙겨 산골 도랑과 심여지 사이로 난 길을 걷는다. 그사이에 큰 바위가 있다.

크고 널따란 바위는 정원 일에 필요한 장비를 두는 곳이다. 전지가위와 톱, 괭이, 예초기 따위가 놓이고, 시집도 그 위에 있다. 바위는 연장의 진열장이지만 시집이 놓인 덕분에 책장이 되기도 한다.

도랑 둑과 연못을 따라 이리저리 발길을 옮기며 시를 읊조린다. 가끔은 시어가 소리의 파도를 만들어 나무들을 깨우라고 큰 소리로 읽는다. 프로스트의 농장을 재현할 수는 없지만 하는 일에서 마을과 산, 언덕에서 그의 농장을 상상해 본다. 자연에서 보고 느끼는 것을 시와 비교하고 연상해 보며 읽는다.

서리가 산과 언덕, 정원을 뒤덮었다. 저 멀리 안수산은 나무마다 산벚꽃이 핀 듯 희고 흐릿하고 몽환적이다. 언덕과 정원도 아련하고 영롱하다. 햇빛이 들면 영사기에서 장면들이 흘러나온다. 거대한 스크린에서 자연이 변화하는 모습을 지켜본다. 햇빛이 나무 사이로 대지로 도랑으로 연못으로 마을로 비칠 때 어떤 영화가 상영될지 설렌다.

햇빛이 산의 장막 위로 솟으면 상영한 곳과 상영할 곳이 판이하다. 흰 서리가 서서히 녹는다. 돌도 쑥도 젖는다. 냉이와 점나도나물이 초록의 빛을 상영한다. 대지는 갈색의 땅을 상영하며 되찾는다.

마을 서쪽에서 시작한 파노라마는 산기슭의 연못과 도랑으로 스며온다. 영화는 해가 떠오르는 속도와 진로에 따라 한 박자 느리게 상영된다. 은은한 은빛 세계가 촉촉한 갈색과 초록 세계로 변한다. 이처럼 자연 속에는 자연만의 영화이론이 있다.

햇빛이 상영하는 세계로 나뭇잎이 몸을 펼칠 준비를 서두른다. 밤 추위에 온기를 간직하려 오므렸던 꽃잎이 회색을 걷어내고 자기 색깔을 드러낸다. 도랑물은 빛을 받아 경쾌하게 흐르고 그늘진 곳에 남은 서리가 녹으며 물을 보탠다.

연못에서는 살얼음이 녹은 곳으로 영화가 거꾸로 상영된다. 잔물결이 어른거리며 햇빛과 서리와 물결이 빚어낸 꿈같은 세계가 펼쳐진다. 땅에서 피어나는 김은 위로 오르지만, 연못에서 수면 위를 지나는 김은 유령의 흰 옷자락이다. 옷자락이 수면을 느리게 더듬다 떠오른다.

햇빛이 상영하는 영화는 그리 오래지 않아 막을 내리고, 또 다른 한 편의 영화를 만드는 데는 준비 기간이 필요하다. 저녁 어스름이 되어야 땅에서 올라 온 이슬을 만나 서리를 친다. 햇빛의 열과 땅의 온기가 서리를 하늘에 잡아두었다가 밤이 되면 다시 내려보낸다.

자연은 무대에 필요한 것을 남겨두고 나머지는 걷어낸다. 무대를 바꾸는 일은 거침이 없다. 우리 삶도 자연의 무대에서 조명받고 있다. 언제 사라질지 모른다. 자연에서 배역이 다를 뿐 노출돼 있음은 서리와 다르지 않다. 각자의 배역에 복무할 뿐이다.

다시 시를 읽는다. 내 입에서 입김이 피어난다. 입김이 햇빛을 타고 시를 상영한다. 시집을 덮으면 시의 상영도 끝이 나고, 자연의 자막이 올라온다. 내일 아침에도 서리의 장막은 빛날 것이다.

산개구리가 울 때

●

　매실나무 전지를 서두른다. 꽃을 일찍 피우니 다른 나무보다 앞서 손을 봐야 한다. 새로 난 가지는 나무의 에너지를 욕심껏 끌어다 쓰기 때문이다. 자라는 기세가 왕성해 다른 가지를 마르게 하고, 열매를 맺는 데 필요한 에너지를 독차지하려 든다. 위로만 치솟은 가지는 매실 따기도 어렵다.

　가지를 자르는 일은 인간적인 이해에서 비롯된 일이지만, 가지가 자라는 일을 제어하지 않으면 안 된다. 가지들이 서로 엉켜 자라면 햇빛을 제대로 받지 못해 나무에도 좋은 것은 아니어서 자를 수밖에 없다.

　톱과 전지가위를 챙겨 사다리에 오르면 가지에서 움트는 꽃봉오리를 볼 수 있다. 청매와 홍매는 나무만 보고는 식별하기 어렵다. 청매는 꽃눈이 파랗고 홍매는 붉은빛을 띤다. 매실도 색을 그대로 유지하여 색깔로 구별할 수 있다. 꽃눈에서 꽃망울을 터뜨리기 전에 한다.

전지하다 문득 매실 밭으로 넘어오는 소리가 있다. 연못에서 우는 산개구리들이다. 수십 마리가 순서 없이 울어대니 울음소리를 들어도 구별의 이치가 터득되지 않는다. 위 연못과 아래 연못의 개구리들이 경연을 벌이며 대지를 깨운다. 연못을 중심으로 한 팀을 이뤄 나름의 억양과 리듬을 가지고 겨룬다.

어제까지만 해도 듣지 못했던 소리다. 입춘을 기다렸다는 듯이 일제히 목청을 돋운다. 산개구리가 달력을 봤을 리 만무한데 어떻게 절기를 알아차렸을까 신기하다. 우리가 알지 못하는 자연의 이치가 곳곳에 숨어있다.

모든 생명체의 몸속에 생체시계가 들어있다는 사실을 새삼 깨닫는다. 땅이 꽝꽝 얼어 있는 동안에도 겨울잠을 박차고 일어나야 하는 순간이 재깍재깍 다가왔으리라. 그러고는 오늘 산개구리들의 생체시계가 맞춰둔 알람이 일제히 울린 것이다.

일을 잠시 멈추고 연못 쪽으로 다가서면 일시에 적막해진다. 언제 울었느냐는 듯 시치미를 뚝 뗀다. 연못에서 한참 떨어진 곳인데도 발걸음 소리를 기막히게 알아챈다. 소리의 파도를 정신없이 치다가 고요의 바다로 바뀌는 것은 순간이다.

그 많은 산개구리 중에서 오케스트라 지휘자가 지휘봉을 잽싸게 내렸을 테고, 모두 악기 연주를 멈추었을 것이다. 소리를 따라가던 나는 그 묵음에 놀라 발걸음을 멈추고 숨도 잠시 멈춘다.

마른 연잎과 부레옥잠이 산개구리들의 피난처다. 자세히 살펴보니 암컷 한 마리에 수컷 여러 마리가 올라타 있다. 암컷 뒤에는 올챙이알이 포도알 속 검은 씨처럼 무더기 무더기를 이루고 있다.

심여지에서는 볼 수 없는 광경이다. 심여지는 도랑물이 들어왔다 다시 도랑으로 흘러나가 물이 맑고 차고 깊다. 이런 환경에서는 개구리가 알을 낳지 않는다. 산지 습지에서 물이 간간이 들어오고 비가 오면 물을 가둬 진흙처럼 탁한 곳이 서식처다.

개구리가 서식하는 연못은 안수산에서부터 나지막이 경사져 집으로 흘러드는 물길을 돌리기 위해 만들었다. 자생하는 돌배를 가운데 두고 사방을 동그랗게 팠다. 원과 삼각형의 모양을 만들고 인접한 경사지에 직사각형 모양의 연못이 들어섰다. 어릴 적 오징어 게임을 하고 놀았던 마을 가운데 공마당의 형상을 닮았다.

산지 습지에서 조금씩 물이 흘러든다. 평소에는 마르지만, 비가 오거나 눈이 녹으면 물이 모인다. 물이 조금씩 고여 연못을 채운다. 물이 고이듯 덕이 쌓였으면 하는 바람을 담아 '응덕지(凝德池)'라 이름 지었다.

덕이란 일상생활이 습관으로 쌓여서 이루어진다. 봄이면 마을 사람들과 지인들이 냉이와 쑥을 캐러 온다. 6월 초순에는 아이들이 '매실 따기 체험'을 한다. 젊은이들이 안수산을 찾고 정원을 둘러보며 즐긴다.

나무 사이로 햇빛을 찾아 새가 날아든다. 백로가 먹잇감을 찾기 위해 연못 속을 들여다보고 있다. 움직임이 없는데도 한껏 팽팽하다. 마을을 배회하는 고양이는 음식물 쓰레기장에서 하품을 하고 있다.

마을 단톡방에 복수초가 피었다는 소식이 올라왔다. 노란 복수초가 꽃망울을 터뜨린 사진이다. 양지바른 흙담 밑에서 발견한 한 송이다. 겨울 햇빛이 꽃을 피워냈다. 고결하고 얼음같이 찬 황금빛 자태다.

봄을 알리는 데 게으른 법은 없다. 매실을 전지하는 일도 봄을 재촉하는 일이다. 산개구리 울음소리는 연못을 벗어나 멀리까지 날아가 꽃망울과 가지들을 두들긴다. 안수산 뜨락의 봄은 이렇게 시작된다.

잔디밭 타령

●

　잔디밭은 좋다. 집을 한껏 꾸며준다. 야외 식당이 되고 바비큐 파티장이 된다. 독서 모임이 열리는가 하면 작은 음악회가 열린다. 잔디에 앉아 안수산과 마주하거나 누워서 구름을 따라 하늘을 여행한다.

　잔디밭은 즐기는 만큼 버금가는 일을 동반한다. 한시도 눈을 뗄 수 없다. 잔디는 수시로 깎아 주고 가물 때는 물을 준다. 잔디밭에서 잔디만 자라길 바라는 것은 자연의 세계에서는 통하지 않는다. 불청객이 수시로 넘본다.

　잔디밭을 그저 아름다운 풍경으로만 보고 느낀다면 실상을 제대로 본 게 아니다. 나도 그랬다. 차를 타고 가다 잔디가 잘 가꾸어진 곳을 발견하면 서행하면서 보거나 잠시 멈춰 구경하곤 했다. 그때 부러움도 함께 왔다.

　전원생활을 꿈꾸는 사람이라면 한 번쯤 잔디를 심어야지, 하고 벼른다. 도시에서 직장생활을 하다 퇴직한 사람들이 그렇다. 잔디밭은 로망이고 자존심이 될 수 있다. 귀촌은 잔디밭에서 시작한다 해도 틀린 말이 아니다.

귀향하여 처음 한 일이 황토방 짓기와 잔디밭 조성이었다. 황토방은 시골생활을 꺼리는 아내와의 약속이었지만, 잔디밭은 순전히 나의 선택이었고 욕망을 펼쳐 보이는 첫 시도였다. 잔디를 심고 정원 설계에 들어갔으니 말이다.

잔디밭은 철 따라 다양한 옷을 입는다. 잔디를 심은 초기에 민들레가 노란 꽃을 피우더니 여기저기 씨를 퍼트려 꽃이 장관이다. 노란 민들레 속에 흰 민들레가 어우러져 잔디보다 더 눈에 띈다. 민들레는 뽑아도 뽑아도 난다. 깊이 뿌리를 박아 뿌리째 뽑아야 하고, 뽑다 끊기면 그 자리에서 다시 난다.

잔디밭 경계 근처를 동시에 손보지 않으면 씨앗이 날아와 자리를 금세 차지한다. 민들레를 뽑다 보면 신발이나 손수레에 묻어 질경이도 함께 온다. 질경이는 민들레만큼 번식력이 탁월하지 않아 작정하고 뽑으면 잡을 수 있다.

토끼풀은 사방으로 뻗어가는 확장력이 놀랍다. 한 곳에 토끼풀이 자리를 잡으면 머지않아 무더기를 이룬다. 뿌리째 뽑으면 감자 덩굴이 주렁주렁 딸려 오듯 단번에 뽑을 수 있다. 번식력이 좋고 자리를 많이 차지하지만 뽑기는 쉽다.

세 가지 풀을 잡으면 이제 안심해도 되지 않을까 싶지만 그렇지 않다. 또 다른 풀이 잔디밭을 넘본다. 무인 지경에 점령군이 입성하듯 점나도나물이 밀려온다. 민들레와 질경이, 토끼풀이 떠난 자리를 순식간에 차지한다. 가을부터 나기 시작해 퍼지는 속도는 거칠 것이 없다.

점나도나물은 한국이 원산지로 전국 각지의 밭이나 들에서 흔하게 볼 수 있다. 봄에 어린 순을 데쳐서 무치거나 된장국에 끓여 먹는다. 이름에서 보듯 점은 점같이 작다는 뜻이다. 4~6월에 꽃이 피고 암술머리가 5열이나 된다. 점처럼 작은 풀, 암술머리가 5열을 이뤄 번식력이 상상을 초월한다.

다른 풀은 듬성듬성 나지만 점나도나물은 잔디 사이사이에 넓게 포진한다. 다른 풀이 단기적으로 끝날 일이라면 점나도나물은 장기적인 대책이 필요하다. 밥을 먹고 30분 정도는 점나도나물과 마주한다.

허벅지에 끼도록 끈 달린 둥그런 좌석에 앉아, 한 번에 두어 평 정도를 뽑는다. 셈하듯 하나하나 뽑는다. 서두르거나 빨리 끝내야지 하는 욕심이 드는 순간 낭패를 보기 쉽다. 지긋한 놀이가 되어야 한다. 단순한 동작을 반복하다 보면 나를 잃는 순간이 온다.

잔디밭으로 산골 도랑의 물소리가 만든 음악이 다가온다. 햇볕이 따스하게 비치면 황토방 굴뚝에서 연기는 악보를 그리고, 안수산은 웅크리고 그 모습을 지켜본다. 잔디밭에 펼쳐놓은 꿈같은 풍경이다.

풀과 씨름을 하다 보면 문득 글쓰기와 닮았다는 생각이 찾아든다. 민들레는 부사와 같다. 부사는 문장에 없어도 문제 되지 않는다. 민들레 씨가 바람에 날려 퍼뜨리는 것처럼 부사는 시도 때도 없이 문장에 부유할 수 있다.

토끼풀은 형용사다. 잔디를 꾸며준다. 옆으로 뻗는 속성이 잔디와 닮아 잔디와 하나가 되어 잔디밭을 장식한다. 질경이는 명사에 해당한다. 독립된 개체로 뿌리를 깊게 잡고 우뚝 자란다. 하나하나가 개별자다. 잔디밭 구석에 질경이가 군락을 이루면 나름 독자적인 세력을 이룬다.

점나도나물은 내 감정을 대변하는 대명사다. 개체와 군락을 이루니 하나하나 뽑아야 하는 '그것과 그것들'이다. 잔디밭을 계속 유지하느냐 마느냐를 결정하는 풀이다. 덜컥 겁이 나 절망케 하고, 질려 포기하게 만든다. 내 인내를 최대치까지 밀어붙인다. 감정과 글의 관계가 그런 것 같다.

점나도나물은 겨울에 잡지 않으면 봄에 포기하는 순간이 온다. 잔디밭에 가졌던 로망은 사라지고 농약의 유혹 앞에 굴복할 수 있다. 자연주의 정원을 만들겠다는 다짐은 한때 물정 모르고 객기를 부렸다는 전설이 되고 말 수 있다. 잔디밭 곳곳에는 욕망과 절망의 갈림길이 도사리고 있다.

최종병기 예초기

●

어떤 이름을 가졌든 인간과 어떤 관계를 맺고 있든 풀들마다 하늘이 허락한 대로 장대한 한 나라를 이루고 있는 것이니 최대한의 존중을 담아 대해야 한다. 풀도 어엿한 생명이기 때문이다. 그러나 자주 드나들어야 하는 뒤뜰을 조금의 간섭도 없이 내버려 둘 수는 없다.

안수산과 심여지로 가는 길, 그리고 이름을 붙이지 않은 성재여행의 소로들을 다니기 위해서는 풀에 손을 대야 한다. 풀도 고통을 느끼겠지만 미안하고 감사한 마음으로 양보를 요청하지 않을 수 없다.

뒤뜰 가득한 풀의 바다를 보고 있으면 해군 시절, 찾았던 '명량해전 격전지'가 떠오른다. 풀이 적은 아니지만 느낌은 그렇다. 이순신 장군(1545~1598)은 13척의 배로 적선 133척과 맞닥뜨린 해전에서 '두려움을 용기'로 바꿔 승리했다. 풀과의 싸움은 해전처럼 벅차지만, 왕성하고 무섭게 몰려오는 기세를 눌렀다고 해서 이겼다는 뿐

듯함만 있지는 않다. 미안하기 그지없는 승리다.

시골생활은 좋은 일만큼이나 힘든 일이 있다. 모기와 벌레, 뱀도 그중 하나에 속한다. 모기나 벌레는 퇴치제가 있고, 물리면 약을 바르면 된다. 뱀을 보는 순간 머리칼이 쭈뼛 서도록 소스라쳐 놀라지만 밟지 않으면 물지 않고 제 길을 간다. 장화를 신으면 뱀에게 물릴 염려가 없다.

가장 힘든 대목이 풀 관리다. 4월부터 자라는 풀은 왕성해 겁이 덜컥 날 정도다. 풀은 뽑거나 농약을 치든지 아니면 베거나 그대로 두든지 해야지 달리 어찌할 방도가 없다. 뽑자니 엄두가 나지 않고 농약을 치자니 환경에 해롭다. 그렇다고 그대로 두면 도무지 다닐 수가 없어 난감한 상황에 직면한다.

시골에서는 풀 관리를 전쟁에 비유한다. "풀 앞에 장사 없다."라는 말이 널리 퍼져있다. 전쟁에서 지면 죽음과 치욕을 맛보듯이, 풀을 관리할 수 있느냐가 귀농귀촌의 성패를 가른다. 나는 풀과의 전쟁에서 제초(除草, 뽑기)와 예초(刈草, 베기)를 병행하되, 미리 하기와 구분 대응으로 맞선다.

예초기는 최종병기다. 휘발유에 엔진오일을 섞어 연료통에 채우고 칼날을 장착한다. 연료 한 통이면 한 시간 반가량은 가동할 수 있다. 돌이나 흙, 풀이 튀므로 안전 장구는 필수다. 긴 팔의 옷을 입고 무릎보호대와 머리보호 장구로 무장한다. 눈 부위를 넓게 가릴 수 있는 선글라스와 귀마개를 하고 손에 장갑을 끼면 전투 태세는 갖춘 셈이다.

먼저 잔디 관리다. 시골생활을 꿈꾸는 사람은 초록빛 잔디부터 떠올린다. 한껏 설레며 잔디를 심지만 관리는 녹록지 않다. 잔디는 관리할 수 있는 범위 내에서 심어야지 그렇지 않으면 풀을 관리하지 못해 낭패를 보기 쉽다.

잔디밭에서 토끼풀과 질경이, 민들레, 점나도나물은 강적들이다. 주기적으로 예초하고 보는 즉시 뽑아야 한다. 풀이 주위로 영역을 확장하거나 씨를 퍼뜨리기 전에 뽑고 그 위에 모래를 뿌려주면 잔풀을 어느 정도 잡을 수 있다.

다음은 정원의 풀 관리다. 이 또한 풀이 억세지기 전에 예초한다. 4월 말에 정원 전체를 8회에 걸쳐 예초했다. 두 번째 할 때는 5회로 대폭 줄었다. 전쟁에서 이겨놓고 싸우는 선승구전이 상책이듯이, 풀베기를 미리미리 하는 일이 이에 해당한다. 앞으로 5회를 넘지 않게 예초할 것이다.

냉이와 쑥, 머위는 그대로 두면 각각의 밭이 된다. 이들의 밭이 넓어질수록 풀밭은 그만큼 줄어든다. 풀과의 전쟁에서 선승구전과 맞춤형 대응이 '두려움을 용기'로 바꾸는 전략이다.

풀이 관리되어야 하고 싶은 일을, 하고 싶은 시간에 할 수 있다. 풀은 뽑으면 그 자리에서 또 다른 풀이 나고, 풀을 베면 같은 풀이 그곳에서 자란다. 지칠 줄 모르는 생명력에 맞서 항상 전투력을 유지해야 한다.

새벽에 풀을 베면 흙먼지가 날리지 않는다. 그때는 온몸의 세포가 살아있음을 느낀다. 풀은 게으름을 피우지 말라는 신호이자 각성제다. 풀을 벤 날은 전망 좋은 카페에 가서 차를 마신다. 이런 호사를 누릴 수 있는 것은 예초기 덕분이다.

산골 도랑의 정취

●

    화창한 날에는 꽃무늬가 있는 양산으로 햇볕을 가렸고, 추운 날에는 무릎 덮개로 몸을 감쌌다. 꼭 필요할 때만 집에 들어갔다. 장미 300그루를 심고, 그곳에서 하루 종일 꽃을 가꾸며 글을 썼다. 장미정원은 서재나 다름없었다.

    《소공자》를 쓴 작가 프랜시스 버넷(1849~1924, 영국, 소설가)의 이야기다. 그녀는 이혼에 대한 대중의 격렬한 반발 때문에 우울증에 빠졌고, 젊은 미남과의 충격적인 연애 사건으로 언론에 시달렸다. 생각을 정리하고 미래를 꿈꾸며 글을 쓸 수 있는 동력을 정원에서 얻었다.

    버넷이 가졌던 것과 같은 정원을 갖는 일은 어려울지도 모른다. 하지만 조금 욕심을 줄이면 가질 수 있다. 정원에 장미 300그루는 힘들어도 몇 가지 꽃과 나무와 채소를 가꿀 수는 있다.

    힘들 것 같지 않은데, 그걸 힘들게 하는 세상을 만들고 만 것 같다. 정원을 땅과 결부시키기 때문인데, 한국에서는 땅이 돈과 같은 개념이다. 돈 위에다 꽃을 키우고 채소를 심는 일은 하지 않는데 말이다.

땅이 있다고 치고—나는 운 좋게도 시골 출신이고 정원을 가꾸는 것이 가능한 고향으로 돌아왔다—, 정원을 가꾸고 일구는 데 필요한 것은 물이다. 나무를 심고 꽃을 가꾸고 잔디를 관리할 때 물은 생명수나 다름없다.

비가 때를 맞춰 내려주면 더 바랄 게 없지만 필요한 때에 적당한 양의 비가 내리길 기대하는 것은 헛된 기대다. 어쩌면 잘못된 기대일지 모른다. 각각의 공간에서 모두에게 필요한 기후가 만들어지는 일은 불가능한 일이기도 하지만 지구의 순환을 생각하면 해서는 안 되는 요구이기도 하다.

나무와 꽃을 심고 가꾸다 보면 비가 필요한 때에 필요한 만큼 내리는 법이 없다는 걸 깨닫게 된다. 비가 와도 찔끔 오거나 어느 때는 쏟아붓는다. 가뭄이 계속될 때도 있다. 들쭉날쭉한 날씨의 변덕은 기후변화로 더욱 심해지고 있다.

정원이 있는 곳에는 수돗물이나 도랑물, 지하수를 활용한다. 그런 이유에서 정원에 필요한 물을 얻기 위해서는 어떤 작업이 필요한지를 파악하러 도랑이나 연못이 있는 곳을 찾아가 살펴보곤 했다.

만경강의 발원지인 밤샘을 찾았다. 밤샘은 우리나라 8대 오지인 완주군 동상면 밤티마을에 있다. 샘에서 물이 졸졸 흘러나와 흐르다 여러 골짜기 물이 합쳐져 만경강을 이룬다. 밤샘은 자연 그대로의 수원지이다. 뻐꾹나리가 반기고 멧돼지 목욕탕도 볼 수 있는 태곳적 신비를 느낄 수 있다.

산청 수선사의 연못은 산에서 나는 골짜기의 물을 활용한다. 나무로 만든 다리 외에 별다른 시설이 없지만 찾는 이들의 마음을 어루만져 산청의 명소가 됐다. 그처럼 도랑을 활용한 정원이나 연못이 있으면 앞으로도 열 일을 제쳐두고 찾아가 볼 것이다.

산골 물을 활용해 연못을 만들었다. 흐르는 물의 일부를 빌려 쓰고 일정 수위에 이르면 다시 도랑으로 보낸다. 정원을 만들고 유지하는 데 산골 도랑이 중심축이 되었다. 정원 읽기와 여러 곳의 연못을 보고 반영한 결과물이다.

산골 도랑이 굽이굽이 감돌며 물이 흐른다. 골짜기 물이 흐르는 도랑둑을 따라 감나무, 은행나무, 생강나무, 버드나무가 자리를 잡고 있다. 나무 사이에는 맥문동과 라일락, 조팝나무를 심었다.

도랑물이 굽이치는 경사진 곳에는 물의 낙차가 커 웅덩이가 여러 곳 있다. 제법 깊은 웅덩이로 내려가는 길을 만들었다. 도랑에 갈 때마다 발걸음이 가볍다. 꽃과 나무에 필요한 물을 마음껏 쓸 수 있기 때문이다.

아내가 텃밭에서 수확한 상추와 고추, 토마토를 씻는다. 아이들은 이 길을 오르락내리락하며 잔디밭에서 놀다가 심심하면 도랑에서 물장구를 친다. 하루의 일과를 마치고 연장도 씻는다.

도랑을 따라 진달래, 생강나무, 조팝나무 순서로 꽃을 피워내면 겨울을 난 도랑의 정취가 달라지기 시작한다. 얼음 밑으로 졸졸 흐르던 물소리가 얼음이 녹으며 물을 보태 경쾌하게 흐른다.

여기저기서 꿩의바람꽃, 현호색, 제비꽃이 피어나 정취의 색이 좀 더 다양해진다. 뒤이어 조팝나무와 라일락 향이 스며들면 도랑의 정취는 색의 정취에서 향의 정취로 풍성해진다. 어느덧 산골 도랑에는 색깔과 향기와 물소리가 어우러진 3중주가 흐른다.

감 사랑 가을 사랑

●

　감의 색깔을 따라 가을이 흐른다. 가을은 감나무에 실려 오는지도 모른다. 푸르던 감이 노랗게 하나둘 물들면 더위도 한풀 꺾이고, 아침저녁으로 서늘하다 싶다가 추석이 성큼 다가온다.

　하늘은 구름이 놓은 수를 선명하게 선사한다. 선명한 색은 하늘만이 아니다. 감빛이 붉은색을 더한다. 코스모스도 빨강, 분홍, 흰색의 꽃을 피워내면 그 위로 고추잠자리가 날다 앉았다, 하며 즐긴다.

　마을 입구로 들어서면 감나무가 맞는다. 길 양옆으로 감나무가 줄지어 서서 안내를 자처한다. 철마다 눈에 먼저 들어오는 나무가 있는 법인데, 가을에는 감나무가 가장 먼저 들어온다.

　마을 길을 따라 집마다 붉은 감이 자태를 드러낸다. 사람이 살지 않는 빈집에도 어김없이 감이 매달려 있다. 이쯤 되면 감나무가 집을 장식하는 게 아니라 집이 감나무 뒤로 밀리는 형국이다. 마을은 온통 감밭이다.

　감나무는 벌레가 잘 꾀지 않아 새가 집을 짓지 않는다. 시원한 그늘을 만들고 단풍이 아름답다. 목재의 검은색과 잎의 푸른색, 꽃의 노란색, 열매의 붉은색, 곶감에 생기는 가루의 흰색을 일러 오색이라 불렀다.

풋감으로 염색하여 형형색색의 옷을 만들어 입었고, 감잎은 차로 마셨다. 감나무는 심재가 굳고 탄력이 있어 가구재로 쓰였다. 홍시는 손님에게 언제든 기쁘게 내놓을 수 있는 간식이었다.

감나무의 학명은 디오스피로스(Diospyros)인데, '디오스'는 신이란 의미이고, '피로스'는 곡물이란 뜻이다. 서양에서는 감나무를 과일의 신이라 칭했다. 우리 선조들은 잘 익은 감을 보며 "감나무의 색은 금빛 나는 옷보다 아름답고, 그 맛은 맑은 옥액에 단맛을 더한다(色勝金玉衣 甘分玉液淸)."라고 했다. 동서양을 막론하고 과실에 줄 수 있는 찬사로는 으뜸이다.

고산은 감의 고장이다. 감은 고종시, 배시, 대봉시, 단감, 고욤 등으로 구분하고 서로 다른 맛만큼이나 먹는 방법도 다양하다. 고종시는 깎아 곶감을 만들고 배시는 항아리에 담아 아랫목에 이불을 덮어 우려먹었다. 단감은 감나무 사이에 심어 다른 감과 맛을 비교해 보는 재미가 있고, 대봉시는 시장에 내다 팔았다.

성재여행은 감 품평회를 열어도 좋은 곳이다. 종류별로 감나무가 있고 다른 곳에서 보기 힘든 배시도 몇 그루 있다. 방문객은 취향에 따라 감을 따 먹는다. 감 따는 수고가 곁들여져서인지 환호작

약한다. 귀갓길에는 장대 끝 주머니 속의 이야깃거리를 몇 개씩 챙겨간다.

감은 서너 개 먹으면 족하다. 겨울까지 달린 감은 사람도 먹고 새도 먹는다. 한겨울에도 나무에서 얼었다 녹기를 반복한다. 눈보라에 언 감은 달콤한 맛이 짜릿하게 퍼지며 몸과 영혼을 일시에 깨운다. 까치밥이라 일컫는 감이 그렇다.

감은 접목하여 얻는다. 접붙이기는 고욤나무에 원하는 나뭇가지나 눈을 결혼시키는 행위다. 이렇게 접붙여 자란 배시는 정원의 상징 나무가 되었다. 나무 밑에 앉아 홍시를 보면 어머니가 그립고, 거무튀튀한 줄기를 보면 접붙이던 아버지가 떠오른다.

오랜 세월 감나무는 사람들과 애환을 같이하며 마을을 지켜왔다. 노자(기원전 571~471)는 《도덕경》에서 "성인은 겉에 남루한 갈포를 입고 속에 아름다운 보옥을 품는다(聖人被褐懷玉)."라고 했다.

더는 열매를 맺지 않아도 이상하지 않을 늙수그레한 나무가 예쁜 열매를 단 모습은 성인의 모습을 닮았다. 감은 보옥을 품고 있어 갈포를 탓하지 않는다. 감이 있어 가을이 마냥 좋다.

밤은 고슴도치를 닮았다

●

가을 속으로 깊이 들어선 시절의 아침이면 전에 없던 일과가 한동안 새로 생긴다. 밤을 줍는 일이다. 한 일이 없는데, 아침 햇살이 가져다준 자연의 선물이다. 감사한 마음과 함께 하루를 보내는 기쁨이 더해진다.

아침 공기를 깊이 들이쉬며 밤나무 쪽으로 다가가면 밤송이 속에서 굴러 나와 이슬을 맞은 밤이 햇살을 받아 진한 갈색을 띤다. 아직 밤송이에서 나오지 않는 밤도 영롱한 빛을 발산한다.

여기저기 떨어진 밤을 양푼에 주워 담는다. 어느 것은 세 알이 들어차 있다. 가운데 밤을 기대고 좌우 대칭을 이뤄 밤송이를 살짝 벌리기만 해도 밤은 떼구르르 자신들의 세상 밖으로 굴러 나온다. 밤을 줍다 탄성이 나오는 순간이다.

밤은 쉽게만 줍는 게 아니어서, 아직 벌어지지 않은 밤송이는 벗기는 과정이 남아 있다. 발로 한쪽 귀퉁이를 밟고 낫으로 힘을 줘 밀어내면 밤이 얼굴을 내민다. 세 톨도 있고 두 톨인 것도 있다.

어느 것은 한 알이 독차지하고 들어 있다. 한쪽 구석에 쭈그러져 겨우 밤 형태만 갖추고 있는 쭉정이를 볼 수 있다. 못난 놈을 밀쳐 놓은 한 톨 밤은 크고 둥글다. 밤의 세계는 이처럼 다양하다.

밤송이는 열매가 곧 씨방이다. 열매를 보호하는 무시무시한 가시를 율자(栗刺)라고 한다. 쳐다보기만 해도 온몸이 떨릴 만큼 무섭다. 어릴 적 밤을 줍다 밤송이가 머리에 떨어져 수십 개의 바늘이 불시에 꽂히는 고통을 당한 적이 있었다. 어찌나 따끔하고 아프던지 그때 일을 생각하면 몸서리가 쳐진다.

경영 용어에 '고슴도치 전략'이 있다. 위대한 기업은 최고가 될 수 있는 일, 정말 하고 싶은 일 그리고 일에 대한 대가를 충분히 받을 수 있는 일에 집중한다는 개념이다. 한마디로 약점 보완보다는 강점 강화를 말한다.

고슴도치는 위험에 처하면 몸을 말아 동그란 공으로 변신한다. 고슴도치에게 가시는 생존과 번영을 위한 핵심 역량이다. 자신의 강점인 가시를 본능적으로 활용할 줄 안다. 밤송이는 그런 고슴도치를 닮았다.

모든 생명체의 열매는 후손을 남기기 위한 장치다. 밤의 보호장치에는 가시만 있는 것이 아니다. 두꺼운 껍질이 밤을 감싼다. 껍질을 벗기면 또 속껍질이 있다. 이렇게 밤은 가시와 껍질, 속껍질로 보호막을 친다. 밤의 보호장치는 유별나 그 쓰임도 각별하다.

다른 종자와 달리 밤은 싹을 틔우고도 오랫동안 껍질을 달고 있다. 우리 선조들은 밤의 이러한 특성을 근본, 즉 조상을 잊지 않는 것으로 생각했다. 조상을 잊지 않는 밤의 성정을 기특하게 여겨 제사상에 올렸다.

밤껍질을 벗겨 물에 담갔다가 모서리를 치고 밤을 제기 위에 쌓는 일은 제사 상차림의 백미였다. 홍동백서! 동조서율! 제삿날이면 매양 듣던 말이다. 신주도 어김없이 밤나무로 만들었다. 밤나무는 할아버지와 할아버지의 아버지 제사상을 지켜왔다.

밤나무가 우리 집에 온 지 60년이 넘었다. 밤을 줍다 보면 곳곳에 가지가 꺾여 있다. 밤이 익으면 밤송이를 떨어뜨리듯 죽은 가지를 떨군다. 밤나무는 다음 해 튼실한 열매를 맺기 위해 몸의 일부를 잘라내 에너지를 비축해 둔다.

오랜 풍상으로 밑동에는 이끼가 끼고 껍질 부위는 전복 모양의 맨살을 드러낸다. 맨살 주위를 둘러싼 껍질은 두터운 형질을 이루고 이끼는 위로 뻗친다. 둥치 곳곳에는 바위에 핀 꽃처럼 지의류가 잿빛으로 덮는다. 해마다 밤나무는 나뭇가지를 떨구고 맨살을 드러내고 회색빛을 조금 더 짙게 하는 것으로 수령을 더한다.

밤은 깎아 먹고 구워 먹고 삶아도 먹는다. 큰 밤은 생으로 먹을 때 씹는 맛이 있고, 장작불에 구우면 고소한 맛이 난다. 작은 토종 밤은 삶았을 때 맛이 차다. 아내는 밥보다 밤을 더 좋아한다. 밤나무가 보이는 쉼터에서 밤을 까먹을 때 얼굴빛이 환하다. 단풍 든 화살나무와 옻나무 틈새에서 칸나도 붉은빛을 뽐낸다.

　밤나무와 엇비슷한 세월을 살았다. 밤이 뚝 떨어진다. 이제 밤송이가 무섭기보다 경이롭다. 밤을 줍다가 묻는다. 나는 밤송이의 가시를 가졌는가, 두꺼운 껍질은 있는가. 밤을 주우며 살아온 날에 대한 근수를 그렇게 달아본다.

황토방 송가

●

 겨울은 살아 있는 생명들에게 버거운 계절이다. 버거운 시간이 집과 맞닿은 뒷산으로 찾아온다. 뒷산 앙상한 숲으로 바람이 세차게 불면 나무들은 몸을 구부려 맹렬한 냉기를 힘겹게 견뎌낸다.

 냉기만이 아니다. 눈이 쌓여 가지가 꺾이기도 한다. 물의 지배를 받은 흙은 꽁꽁 얼어붙는다. 그러면 짐승들은 둥지에 발이 묶이고 새들도 바깥출입을 삼간다. 묶인 속에서도 시간은 흐르고, 몸도 허기로 시간을 느껴야 한다.

 산 가장자리로 내려와 빈 밭의 구근을 노리는 멧돼지 흔적을 볼 수 있다. 마른 풀잎이라도 남아있는지 두리번거리는 고라니의 모습이 집 가까운 곳에서 발견된다. 두려움이 다른 두려움을 이겨내는 모습이다.

 겨울은 사람들에게도 을씨년스럽다. 마을 길은 인적이 끊기고 앞 들녘은 적막하다. 수돗물은 얼기 일쑤여서 보온재로 감싸준다. 보일러를 작동해 보지만 오래된 집이라 웃풍이 미세한 칼날로 스며든다. 자고 나면 몸이 뻐근하고 머리가 아프다.

이왕의 시골살이, 어릴 적 정취를 느껴보자는 생각에서 황토방을 짓기로 했다. 황토로 지은 집이 있다는 이야기를 들으면 발품을 팔아 그들의 경험과 비법, 아쉬운 점들을 빠뜨리지 않고 살폈다.

황토방의 구들은 아궁이에 불을 지폈을 때 열과 연기의 흐름이 자연스러워야 한다. 구들을 잘못 놓으면 연기가 아궁이 쪽으로 나와 순환 팬으로 끌어내야 한다. 이때는 불을 지필 때 눈물과 콧물도 각오해야 한다.

잘 놓은 구들은 장작을 지피면 부넘이로 불이 잘 들고 움푹 파인 구들개자리에서 와류가 형성된다. 고래의 경사를 아랫목보다 윗목을 7도가량 높게 두는 이유다. 고래개자리에서 다시 움푹 파 마지막 열기를 잡고 연기만 굴뚝으로 나가게 해야 한다.

황토방은 수요가 많지 않고 공사도 힘들다. 어렵게 수소문해 경험 많은 대목장의 손재간을 빌렸다. 벽은 재래식 황토 벽돌로 이중으로 쌓았다. 벽돌 사이에는 왕겨와 소금을 섞어 채워 열기가 빠져나가지 않도록 하고 벌레의 접근을 막았다.

황토방은 시골 생활을 꺼리던 아내를 시골로 이끌게 한 약속이었다. 아내가 요구한 약속의 조항 안에는 황토방을 짓는 것만 있지는 않았을 것이다. 황토방과 황토방의 안과 밖이 세부 사항으로 들어 있었을 것이다.

정원이 한눈에 보이도록 커다란 통창을 냈다. 창을 경계로 창밖의 빛과 풍광이 스며들고, 창 안의 시선이 경탄과 만족을 품고 창밖으로 흘러나간다. 통창 앞 탁자에 찻잔을 두고 흘러나오는 아내의 문장들을 통해 비로소 약속이 이루어졌음을 알게 되었다.

아랫목에서 등이 뜨끈하게 자고 나면 몸이 개운하고 거뜬하다. 허리에 파스를 달고 살던 아내가 이를 잊은 지 오래다. 창가에 앉아 책을 보고 음악을 듣는다. 밖을 감상하는 은밀하고 소중한 곳이다.

하지만 황토방 유지는 만만치 않다. 산에 쓰러진 나무를 가져다 장작으로 사용해 봤지만, 나무 운반과 톱으로 장작을 자르는 일은 내 능력 밖이었다. 지금은 참나무 장작을 사들여 쓴다. 불 지피기에 적당한 크기로 장작이 황토방 처마 밑에 가지런히 쌓이면 그렇게 든든할 수 없다.

아궁이가 한겨울의 양식을 환하게 바라본다. 뿌듯한 마음이 저절로 든다. 겨울에 할 일을 다 한 듯하다. 불쏘시개로 불을 붙여 어느 정도 타면 장작을 쪼개지 않고 통나무째 넣는다. 그렇게 태우면 나무가 천천히 몸을 내주며 불심이 오래간다. 밤새 타 아침에도 불씨가 남아 있다.

장작 마련에서 불 때기까지의 과정은 손이 많이 가는 일이다. 불편을 감내함은 그것들을 상쇄하고도 남을 가치가 있기 때문이다. 그중의 하나가 '불멍'이다. 불멍은 연기를 타고 상상의 나래까지 펼쳐 별들의 하늘까지 오른다.

아궁이에서 장작불이 타오르면 불멍의 순간이 온다. 불빛을 보고 있으면 근심과 욕망이 함께 사라진다. 사라진 자리에서 새로운 감정이 어른어른 돋아난다. 불비는 먼저 잡스러운 것들을 아궁이 속으로 끌어들여 사라지게 한다. 닿는 곳마다 깨끗해지고 텅빈 공간을 내준다. 그러면서 생각의 밭이 갈린다.

불비를 맞다가 문득 밤하늘을 보면 별빛 씨앗이 쏟아진다. 아궁이의 불비가 하늘의 별비와 만난다. 불비는 뜨겁고 별비는 차갑다. 불비는 강렬하고 별비는 아련하다. 둘이 하나가 되어 또 다른 생각의 싹을 틔운다. 나는 불비와 별비의 만남을 갈무리해 주는 농부다. 농부의 얼굴이 덩달아 환해진다.

굴뚝에서 피어나는 연기는 선명하게 오르다 점이(漸移)를 이룬다. 연기가 공기 중에 퍼지며 사물과 경계를 이루다 흩어진다. 흩어져 별이 될지 모른다. 연기를 따라가면 어느새 어린 시절에 닿는다.

놀이터에서 같이 놀던 친구, 섶다리를 아슬아슬하게 건너던 등하굣길, 꼴을 베다 풀숲에 누워 뭉게구름을 보던 일, 저물녘 재 너머에서 내려오는 나뭇짐 지게 행렬이 연기와 함께 피어난다.

겨울이 을씨년스럽고 추울수록 황토방의 이야깃거리는 더해간다. 자연의 흐름을 따라 살다 보니 보이지 않던 것들이 보이고, 들리지 않던 것들이 들린다. 황토방 송가라 할만하다.

혼자 있는 즐거움

●

　근대성에 대해 탁월하게 진단했던 석학 지그문트 바우만(1925~
2017, 폴란드)은 《고독을 잃어버린 시간》에서 "외로움으로부터 도망
치는 사람은 고독의 기회를 놓친다."라고 썼다. 바우만은 외로움과
고독을 달리 보고 있다.

　그만이 그렇게 본 것은 아니지만, 어쨌든 그의 의견에 귀를 기울
이면, 홀로 지내다가 안타깝게 떠난 분들의 마지막을 '고독사'라고
표현하는데 의문이 생긴다. 고독을 지나치게 낮게 생각하고 병리
적 현상으로 보고 사용한 말이기 때문이다.

　혼자 있는 것의 의미를 현대인들이 제대로 새기지 못하고 있다고
말하는 또 다른 이가 있다. 정신분석학자 앤서니 스토(1920~2001,
영국)는 《고독의 위로》에서 "인간의 거의 모든 불행은 고독할 줄 모
르는 데서 온다."라고 했다.

　스토의 주장에 따르면 사람은 누구나 행복한 삶을 살고 싶어 하
지만, 고독할 줄 몰라서 불행하다는 것이다. '혼자 있는 시간'이 얼

마나 중요한가를 잘 표현하고 있다. 고독에 대한 위로요 찬사다.

고독은 인간 존재의 본질이다. 이런 본질을 깨닫는 것이 두려워 고독을 피하려는지도 모른다. 고독에서 오는 외로움을 관계로 도피하면 문제가 해결될까? 그렇지 않다고 본다. 고독은 자신의 힘으로 견뎌내야 한다. 피할 수 없는 것이라면 삶으로 송두리째 안고 가는 길밖에 없다. 고독에 익숙해져야 고독하지 않은 '고독의 역설'이다.

심리학자들은 나이가 들수록 인간관계에 관심을 덜 보이고 혼자 있는 것에 만족하는 경향이 있다고 말한다. 혼자 있는 능력이 없으면 다른 사람을 힘들게 한다. 고독을 견디지 못하고 휘둘려 평생을 타인의 기준에 끌려다닌다. 사람은 고독해야 자기 성찰이 가능하고, 다른 사람이나 자연과 상호작용을 할 수 있다.

나이가 들수록 내면의 관심사를 찾아 끊임없이 새로운 자극을 받아야 한다. 관심의 대상은 자기가 처한 위치에서 상상력을 발휘해 찾으면 된다. 사람은 현재와 미래에 대한 상상으로 살아가기 때문이다.

어떤 사람은 반려동물이, 어떤 사람은 나무나 꽃을 가꾸는 일이 될 수 있다. 책을 읽고 글을 쓰거나 여행, 운동 등 자기가 하고 싶은 일을, 하고 싶은 시간에 할 수 있다. 무엇과 상호작용할 것인가는 각자의 몫이다.

혼자 있는 시간을 즐거움으로 전환할 수 있도록 해주는 것들은 찾아보면 많다. 자기의 능력과 처지에 맞게 하면 된다. 혼자 있는 능력이 있을 때 진정한 즐거움의 경지에 이른다. 관심사에 몰입하면 세상과 자신에 대해 자신만의 이야기를 가질 수 있다.

나는 출근하듯 나서는 길이 있다. 그날 기분에 따라 걷는 길이 다르다. 대개는 정원이나 산기슭으로 난 길을 걷는다. 톱과 전지가위를 챙겨 웃자란 나무의 가지를 자르거나 정원 곳곳을 살피고 돌본다.

어느 땐 산 중턱에 난 길로 방향을 잡는다. 산벚나무 군락지를 지나 백합나무 숲을 걷다 보면 아름드리 적송이 있는 숲에 이른다. 나만이 찾는 비밀 장소다. 가끔 들러 나무 사이로 투사되는 햇빛을 맞는다.

시인 왕유(699~759, 당)는 시 〈녹채〉에서 "저녁 빛이 깊은 숲에 비쳐 들더니 다시금 푸른 이끼 위를 비추네(返景入深林 復照靑苔上)."라고 읊었다. 저녁 빛이 숲에 스포트라이트처럼 비친다. 왕유는 망천 별장에서 이끼 위를 비추며 곧 사라질 햇빛을 벗 삼아 즐기고 있다.

나는 소나무 밑에 앉아 햇빛의 입자와 파동을 감지한다. 햇빛이 내리비치는 곳으로 땅 기운이 모락모락 피어난다. 떠오르는 햇빛과 땅 기운을 벗 삼아 넉넉하게 즐긴다. 이때는 오롯이 자연에 신탁할 뿐이다.

2부 —— 안수산이 드리운
삶의 역양

화우(花雨)

●

    작지만 아름답다. 있을 것은 다 있다. 아름다움이 자연 속으로 들어온 절, 완주 화암사를 두고 하는 말이다. 절의 아름다움은 건축물에도 있고, 자연과의 특별한 결합, 인간적인 창의성에서도 비롯된다. 이처럼 아름다움은 자신만의 특별한 방식과 법칙을 가진다.

    절은 산과 물, 풍광이 어울려 있는 듯 없는 듯 산세에 가려 있다. 불명산 중턱에 자그마하게 터를 잡았다. 시골 마을에 있는 여느 집 크기다. 절 입구에 있는 샘터 옆 매실나무와 맞은 편 200년 된 목단이 일주문인 셈이다.

    절을 찾아가는 길은 전주와 금산을 연결했던 요동 마을 입구의 시무나무가 먼저 반긴다. 시무나무는 거리를 표시하는 20리 목(木)으로 짚신을 나무에 걸어놓고 한양까지 무사하기를 기원하는 풍습이 있었다. 그래서 마을 이름을 일명 '싱그랭이'라고 한다. 싱그랭이, 참 싱그럽고 아름다운 지명이다.

    절집은 싱그랭이를 지나 불명산 자락에 있는 연화공주정원에서 시작한다. 그곳에서부터 걸어야 한다. 연화공주 신화는 신라 때 불치병을 앓던 공주가 바위에 핀 복수초를 달여 먹고 병이 낫자, 이에 감복한 왕이 절을 세우고 이름을 붙였다는 이야기로 전해진다.

그래서인지 절로 가는 길은 복수초가 길잡이를 자처한다. 불명산 자락 길을 따라 자생하는 복수초를 따라가면 길을 잃는 법이 없다. 복수초가 황금빛 물결을 이루고, 골짜기로 흐르는 물과 교감한다.

물소리를 따라 오르면 녹색 바탕에 자주색 꽃, 얼레지 군락지도 만난다. 맞은편의 폭포가 천상에서 지상으로 맑은 물을 쏟아부어 몸에 생기를 준다. 꽃을 보며 걷다, 폭포를 보다, 계단을 오르다, 산 중턱에 이르면 어느덧 절이다.

영화에서 클로즈업되는 주인공처럼 우화루가 성큼 다가온다. 우화루는 기단부터 시선을 잡는데, 자연석을 이용하여 그 위에 기둥을 세웠다. 돌의 모양에 따라 나무 밑동을 맞춘 '그렝이 공법'이다. 나무의 굴곡과 모양을 원형 그대로 유지한 아름다움이 배어있다. 이름 모를 장인들에 의해 아름다움이 건축물 속에 꼭 맞게 자리 잡았다.

절로 들어서는 입구는 살갑다. 나무의 선을 살려 나무와 흙이 묘한 조화를 이룬다. 문턱을 가볍게 넘어 한발 들여놓으면 절이고, 한발 물러서면 대자연이다. 어느 집 부엌에 들어가는 기분이 들고 움직임 자체가 경쾌하다. 경내에 들어서면 사각형 안에, 절에 있어야 할 것은 다 있다.

절 입구에서 기둥으로 받친 2층 구조물이 우화루다. 신기하게도 경내에서 보면 2층 마루가 지면과 같은 높이에 있어 단층으로 보인다. 우화루는 시야가 탁 트여, 조망과 공기 흐름에 막힘이 없다.

봄에는 매화꽃이 비 오듯 떨어진다. 꽃비, 화우(花雨)가 내린다. 매화꽃이 필 때는 꽃비와 향기에 취한다. 가을에는 온 산이 노랗고 빨간 색비(色雨)가 뒤섞인다. 여름과 겨울에도 철에 맞는 꽃비가 빼곡하게 내린다.

국보인 극락전은 국내 유일의 하앙식 구조의 건축물이다. 하앙은 서까래 아래 받치는 부자재로 백제시대의 건축 양식이고, 처마 아래에서 올려다보면 용머리 모양으로 조각된 하앙을 볼 수 있다. 자연 속에 극락이 있는 듯 자연에 더 가까이 가려는 의지로 보인다.

기막힌 절의 구조는 여기서 끝나지 않는다. 불명산의 경사를 따라 마루의 기단을 쌓았다. 경사도만큼 밑기둥을 조정해 마루가 평평하고, 마루에 앉은 사람이 한 폭의 정물화다. 우화루 기단처럼 자연스럽다. 절 안 구조물이 자연의 지형과 흐름, 선, 시야를 살려 모나지 않게 앉아 있다.

화암사는 천천히 쌓아 온 아름다운 예술의 부를 보존하고 있다. 화암사로 흘러들었던 골짜기 물은 만경강에 물을 보탠다. 물만 흘러나가는 것은 아닐 것이다. 눈에 보이지 않는 무엇이 흘러가고 있을 것이다.

절은 한적함을 즐기는 사람, 작은 것에서 아름다움을 알아채는 눈 밝은 사람이 찾는다. 절과 산, 계곡, 인간이 서로 어울려 늙어간다. 풍경은 부드럽게 절 안으로 들어오고, 절의 아름다움은 불명산자락으로 뻗쳐나간다.

화암사를 찾으면 할아버지가 떠오른다. 할아버지는 목수였다. 집을 지을 때 반듯하고 온전한 나무만을 고집하지 않았다. 집 지을 터와 재료를 최대한 활용하여 있는 것을 다듬고 이어서 사용했다.

그런 마음을 알기에 집을 지을 때면 할아버지를 찾았다. 저녁이면 할아버지는 연장 망태를 메고, 나는 품삯으로 받은 쌀을 둘러메고 집으로 돌아왔다. 어깨에 멘 쌀의 무게 말고도 무언가 뿌듯함이 얹어졌다.

불명산에서 남쪽으로 운암산을 거쳐 안수산에 닿는다. 그 밑에 성재여행이 자리하고 있다. 할아버지의 유전자를 받아서인가. 자연 지형을 살려 정원을 설계하고 돌본다. 꽃과 나무가 산, 도랑, 연못과 어울린다.

2층 서재에서 보면 캔버스 위에 그림을 그리듯 색색의 풍경이 들어온다. 눈꽃이 소복하게 내린다. 매화꽃이 피었다 지며 꽃비가 내린다. 아쉬움이 찾아들자, 빈자리를 산벚꽃이 한동안 채우고 있다가 꽃비로 휘날린다. 뒤이어 소나무가 꽃비를 내리자, 노란색 천지다. 철 따라 꽃비가 그려진다.

앨범 첫 장의 복수초

●

　인간은 기억 속에 각기 다른 기호로 자신만의 풍경을 간직한다. 같은 시공간에 살더라도 사람마다 다른 경험과 느낌, 사연을 갖는다.

　봄은 아직 먼 데, 홀로 생명의 노래를 부르는 존재가 있다. 봄이 오고 있다는 기별을 가장 먼저 알리겠다는 결기로 보인다. 복수초가 햇살을 받으면 세상의 첫날처럼 아침이 반짝인다.

　다른 것들은 눈에 들어오지 않는다. 풀도 꽃도 아직 보이지 않고, 나무들도 잎눈을 틔우지 않았다. 나무 세계에서 가장 부지런하다는 매실나무가 움을 틔울 채비를 서두르고 있을 뿐이다.

　땅을 덮은 갈색 낙엽 위로 노란 물결이 장관이다. 한 뼘 남짓한 복수초가 우주 속에 새로운 세계를 연출한다. 그러면 듬성듬성 흙과 잔돌 위에서 이끼가 복수초를 올려다본다. 썩거나 잘린 나무 둥치를 타고 오르던 이끼는 초록 눈동자를 빛내며 내려다본다. 나목이 되어 앙상한 감나무와 은행나무도 숨을 죽이고 복수초의 향연을 지켜보고 있다.

바람이 일자 복수초가 살랑살랑 춤을 춘다. 어떤 것은 단독자로 추고, 어떤 것은 켜 안은 듯 블루스를 추고, 결국에는 한데 어울려 군무가 황금빛 물결을 이룬다. 도랑 가에 핀 복수초는 물이 튕겨 빠르고 큰 동작으로 춘다. 물소리가 춤의 배음이 되어 사람의 마음 조차 흔든다.

어릴 적 함께 살았던 동네 형한테서 고향 소식이 궁금하다는 문자가 왔다. 복수초가 핀 사진을 보고 싶다는 내용이다. 정록 형은 고향을 떠나 서울과 제주에서 사업을 했다. 지금은 당진에서 캠핑장과 민박을 운영한다. 만 평이 넘는 부지에 온갖 나무와 꽃들이 어울려 부러울 게 없을 것 같았다.

고향을 떠올리는 사물과 풍경은 많다. 산과 나무가 정서적 등가물이 될 수 있다. 마을을 상징하는 수백 년 된 느티나무가 있고, 탑산날의 서어나무도 아름드리로 자랐다. 형이 살던 집 뒤로는 괭이바위와 두꺼비바위가 마을을 지켜본다. 안수산이 한결같이 마을을 굽어보고, 정상에서 찍은 사진을 보면 단번에 고향임을 알 수 있다.

형이 꾸민 공간에도 정서적 등가물이 많을 텐데, 왜 복수초를 떠올렸을까. 몇 년 전 농장을 방문했을 때 고향에서는 보기 힘든 다양한 나무와 꽃들이 있었다. 꽃과 나무는 심을 수 있지만 추억은 심을 수 없다. 나무와 꽃에도 자신만의 기호로 경험과 사연이 깃들어 있을 터이다.

마을 사람들이 나무를 하러 다니거나 기우제를 지내기 위해 '기구지' 골짜기를 오르곤 했다. 그때 보았던 꽃이 복수초다. 복수초는 기억의 풍경 속에 언제나 자리하고 있었을 것이다. 바위나 나무는 그곳에 있지만, 꽃은 지었다 피기를 반복한다. 봄이 오면 어릴 적 기억이 마음을 후벼 팠을 것이다.

입춘 때 양지바른 돌담 밑에 복수초 한 송이가 피었다. 2월 중순에는 산기슭 군락지에 수백 송이가 황금빛 잔치를 벌인다. 들꽃애호가들이 입소문을 타고 온다. 꽃을 좋아하고 아끼는 사람들의 눈동자에 노란 물이 들어있다.

방문객을 기쁘게 안내하지만, 꽃이 상하지 않을까 조마조마한 마음도 함께 온다. 복수초가 군락지를 이룬 화암사 가는 길과 대아수목원은 많은 사람이 몰려와 사진을 찍겠다고 이리저리 돌아다닌다. 연출을 위해 돌과 나뭇가지를 치우고 엎드려 사진을 찍을 때면 주위에 있는 복수초가 밟히고 꺾인다. 복수초를 캐간 곳도 듬성듬성 눈에 띈다.

도랑을 따라 오르다 보면 산 중턱에도 군락지가 있었다. 한때는 복수초가 많이 피었으나 사람들이 다니지 않자, 잡목과 덤불이 무성하게 자라 개체수가 줄더니 자취를 감췄다. 복수초는 사람들이 방치해도 사라지고, 너무 많이 찾아도 살아남기 어려운 것 같다.

꽃잎은 밤에 오므렸다, 낮에 햇빛을 받아 피어난다. 일찍 핀 꽃은 에너지를 소진하여 밤이 되어도 꽃을 제대로 오므리지 못한다. 힘에 부친 것이 역력하다. 힘을 다하면 시든다. 같은 꽃으로 보이지만 각자 자신만의 고유한 수명이 있다. 가을이면 봄에 피어날 꽃을 위해 예초하고, 잡목과 덤불을 거둬 준다.

복수초는 얼음이나 눈 속을 뚫고 꽃을 피워낸다. 땅속에서 따뜻한 지열을 길어 올려 눈을 녹인다. 복수초의 생명력과 결기가 신비롭다. 봄의 문을 열고 우리 몸속에 추억을 새겨 넣는다. 추억의 앨범에서 첫 페이지를 차지할 만하다.

복수초를 보고 있으면 어느 순간 마음이 서늘해진다. 거추장스러운 것들은 범접할 틈이 없고, 오직 순수와 진실만을 보인다. 보는 사람에게 한 번이라도 자신의 절정을 드러내는 삶을 살았는지, 허물과 약점을 극복하려는 노력을 기울였는지 묻는다.

복수초는 먹는 것과 입는 것에서 육체적 욕망을, 허영과 위선이라는 정신적 치장을 줄이라고 요구하는 것 같다.

산이 날 에워싸고

●

어릴 적 산에는 토끼가 많았다. 토끼와 발을 맞추는 마을이라는 이름이 붙을 정도였다. 마을에서 토끼나 노루를 잡은 날은 도랑에 모여 토끼 잡는 광경을 지켜보고, 사랑방에 둘러앉아 먹었던 기억이 떠오른다.

중학교 때, 토끼잡이는 겨울방학을 맞이하는 연례행사였고 교사와 학생들이 토끼몰이를 함께 나섰다. 능선을 따라 죽 늘어서고, 밑에서부터 대형을 이뤄 함성을 지르며 올라가면 토끼들이 여기저기서 튀어나왔다. 행사 때마다 예닐곱 마리는 족히 잡았다.

산은 많은 것을 주었다. 솔가지를 긁어와 군불을 땠고 한겨울에는 땔감도 내주었다. 방학 때 산에서 아버지와 형을 따라 나무를 할 때면 괴목을 수집하는 재미가 있었다. 그 덕분에 기이한 형태를 가진 작품을 여러 점 얻었다.

괴목은 껍질을 벗기고 말렸다 니스를 칠한다. 그러면 원형 상태를 유지하고 오래 보관할 수 있다. 이사 때마다 아내의 잔소리를 마다않고 내 분신처럼 챙겼다. 가장 아끼는 작품은 뿌리째 캔 것으로 사람 키만 하고 신묘한 형상을 띠고 있어 갖은 상상을 불러일으켰다.

산이 준 선물은 회사 입사에서도 한몫했다는 생각이 든다. 면접에서 중앙에 앉은 책임자로 보이는 면접관이 취미를 물어 괴목 수집이라 대답하자 대화가 이어졌다. 몇 작품은 이름과 형태 등을 설명하자 좋은 인상을 주었다는 느낌이 들었다.

그렇게 직장생활을 하다 돌아온 고향은 여전히 살가웠다. 안수산은 한결같이 마을을 지켜보고, 언제나처럼 편안했다. 마을과 산에는 옛것 그대로인 것도 있었고 흐릿한 흔적만 남아 있는 것도 있었다.

그런 기억과 이야깃거리를 정원의 경계를 따라 이어가고 있다. 잔디밭을 지나 정원 초입에 들어서면 화살나무와 석류나무가 맞는다. 조금 걸으면 매실나무가 열병식 하듯 양옆으로 반기고 자두나무, 앵두나무, 보리수나무가 차례를 잇는다.

산기슭에는 두릅나무, 옻나무, 엄나무, 가죽나무가 자라고 저만치 상수리나무는 떡하니 버티고 서 있다. 그 옆에 낙우송 몇 그루가 하늘을 가린다. 조금 더 걸으면 산지 습지 주위에 들찔레가 군락을 이루고, 으름덩굴이 뽕나무와 산벚나무를 타고 오른다.

경사진 땅을 활용하여 만든 지하저장고에 닿으면 절반쯤 걸은 셈이다. 정원 전체를 한눈에 조망할 수 있다. 모과나무, 체리나무, 복숭아나무를 둘러보고 느티나무와 편백나무 사이를 지나 심여지를 끼고 돌면 은행나무가 반긴다.

그 끝 골짜기 물에 발을 담그고 한눈 좀 팔다 집 쪽으로 내려오면 밤나무와 감나무가 오랜 세월 자리를 지키고 있다. 도랑과 심여지를 따라 텃밭과 잔디밭에 이른다. 이렇게 정원의 둘레길을 한 바퀴 돈다.

은행나무 길에서 오른쪽으로 걷다보면 이끼 군락지가 나오고, 골짜기를 따라 한참을 오르면 구석바위를 만난다. 왼쪽으로 방향을 잡아 탑산날에 오를 수 있고, 그 밑으로 괭이바위와 두꺼비바위가 연결된다. 성재여행과 마을의 이야깃거리는 이렇게 이어진다.

둘레길에 드는 순간 다양한 존재들이 오감을 자극한다. 나무들은 햇빛을 두고 경쟁하고, 풀을 딛고 일어선 꽃들이 자태를 뽐낸다. 숲 향기는 마음을 차분하게 하고 바람은 상쾌한 기분을 실어온다. 초록빛이 눈을 편하게 할 때면 새소리가 귀를 즐겁게 한다. 아름드리 상수리나무를 안아보면 무언가 수런대는 것 같다.

생물학자 에드워드 윌슨(1929~2021, 미국)은 인류가 숲에서 진화하며 DNA에 '바이오필리아(녹색갈증)'를 깊게 새겨 넣었다고 했다. 둘레길은 녹색갈증을 해소해 준다. 자연이 주는 풍부한 자극을 오감으로 느낀다.

둘레길을 걷다보면 내면의 소리가 속삭이듯 내려앉는다. 산이 날 에워싸고 나무를 심고, 꽃을 가꾸며 살라 한다. 구름처럼 바람처럼 살라 한다.

안수산에 스미다

●

　마을 끝의 산에 인접한 집에서 산다. 마을과 산의 경계 지점에서 산다는 건 자못 남다르다. 사람들 눈에 잘 띄지 않아 농사일이 서툴러도 신경 쓰이지 않는다. 일부러 찾아오는 이가 아니고서는 지나는 이가 없으니 타박을 받을 일이 없다. 마음 내키는 대로 작물을 심고 자연이 알아서 하도록 그대로 두기도 한다.

　이곳에서는 자연의 시간에 맞추어 사는 게 편하다. 눈을 들면 안수산이 늘 거기에 있다. 하늘과 산을 보며 하루의 기상 상태를 확인하고 그날의 기분이 정해지며, 할 일을 챙긴다. 산 능선을 따라 해 뜨는 위치를 보고 계절의 변화를 감지한다.

　안수산(安岫山)이 거기 있다고 하여 변하지 않는 것은 아니다. 봄에는 진달래와 산벚꽃으로 주체하지 못하다가 어느샌가 울창한 숲의 진초록에 숨는다. 붉고 고운 단풍을 즐기는가 하면, 겨울이면 웅장한 자태를 드러낸다. 안수산의 다양한 색의 변주에 맞추어 나무를 심고 꽃을 가꾼다.

안수산은 백두대간의 금남정맥이 고산지맥으로 뻗어 만경강 앞에서 딱 멈춰 서있다. 돌로 만들어 땅에서 우뚝 뽑아 올린 듯 정삼각을 이룬다. 《한국지명총람》에는 닭과 봉황의 머리를 닮아 계봉산, 붓끝 모양을 하여 문필봉이라는 기록이 있다. 지금은 안수사가 산 정상 부근에 매달려 있어 안수산이라 불린다.

마을은 전형적인 배산임수의 지세다. 대아 물과 경천 물이 합쳐지는 곳을 '세심청류(洗心淸流)'라 하는데, 이는 '만경 8경'의 하나로 꼽는다. 세심정에 앉아 마음을 씻고 흐르는 만경강에 몸과 마음을 치유할 수 있다.

초등학교 때 "안수산 높이 솟은 기상을 품고 세심정 맑은 물을 거울로 삼아"로 시작하는 교가를 목청 돋워 불렀다. 만경강이 마을을 안고 흘러 산과 강이 삶 속에 늘 가까이 있었다.

하지만 산에 오르는 길은 땔나무를 하지 않자, 잊히고 버려졌다. 문명의 억양을 따라 옆 마을에 산 중턱까지 차로 갈 수 있는 등산길이 생기고, 중턱에서 정상까지는 삭도가 설치되어 있다.

사람들은 안수산을 가파른 오르막으로 올라갔다 같은 길로 내려오는 길밖에 모른다. 그 길로 갔다 온 사람들은 단조롭고 험한 산이라는 인상이 각인돼, 다시는 오르고 싶지 않다고들 말한다. 빠른 길, 문명의 길을 따라가니 그렇다.

안수산은 원래 그런 산이 아니었다. 공간은 인간의 실존이 이루어지는 생활 세계다. 사람들이 모이고 머물게 하는 공간의 힘을 '공간력'이라고 한다. 마을 사람 몇이 힘을 모아 나무하러 다니던 옛길을 복원했다. 마을과 안수산을 연계하여 공간력을 확보하기 위해서다.

옛길을 복원하고 나니 반가운 일이 생겼다. 귀농귀촌한 청년들이 모이는 '청춘방앗간'에서 옛길을 알려줄 수 있는지 물어와 동행했다. 숲길을 걷다 오르막을 거쳐 정상에 오른 후 능선을 따라 내려오는 길로 안내했다. 3시간의 산행은 만만치 않았지만 10여 명이 무사히 잘 마쳤다.

등산 후 성재여행에서 점심을 함께할 때 환한 얼굴에 왁자지껄한 모습은 생명이 약동하는 봄을 앞당겨온 듯했다. 젊은이들이 산에 오르고 마을을 찾으며 시골에 정착하는 일은 농촌의 희망가라 할 수 있다.

반가운 일은 한 번으로 끝나지 않았다. 정기적으로 이 길을 따라 등산하는 사람이 생겼다. 사람이 찾아오자 성재여행에도 변화가 더해졌다. 정원에 사람들이 추천한 나무와 꽃을 심은 것이다. 보는 이도 즐겁고, 추천한 이도 잘 자라는지 궁금해하면서 안수산과 대면하는 일이 이어졌다.

시인 이백(701~762, 당)은 안휘성에 있는 경정산에 올라 "서로 봐도 싫지 않은 건 오직 경정산이 있을 뿐이다(相看兩不厭 只有敬亭

山)."라는 시를 지었다. 새는 날아가고 구름도 사라졌지만, 오직 경정산만이 이백과 하나됨을 노래한 시다. 시 한 수로 경정산은 천하의 명산이 되었는데, 그보다 높고 웅혼한 안수산을 봤다면 어떤 시를 썼을까 궁금하다.

안수산은 거기 있고 앞으로도 그러할 것이다. 나는 가끔 산을 보지만 내가 보지 않을 때도 뒷모습을 지켜본다. 외출하고 돌아올 때 산이 보이면 그리 반가울 수가 없다. 공기 맛이 다르다. 산자락에 살다 보니 산의 일부가 되어간다.

안수산 등반 공동체

●

집 뒤켠으로 안수산이 180도 전면을 차지하며 삼각의 자태를 드러낸다. 정원 너머로 보이는 산꼭대기는 붓끝으로 큰 바윗덩이를 그려낸 모습이다. 중턱까지 안개가 낀 날이면 그 풍광을 담기 위해 사람들이 찾아온다.

붓끝의 기운이 그곳에서 멈추지 않고 굵직한 팔로 마을을 감싸고, 산 정상의 눈으로는 나와 마을, 고산을 지켜본다. 지켜볼 뿐만 아니라 아침 햇살을 날라다 일상을 챙길 기운을 주고, 저녁에는 일상을 정리하라고 햇살을 거두어간다.

맑은 날은 잔디밭의 풀을 뽑고, 텃밭에서 작물을 가꾼다. 꽃을 보살피거나 나무의 상태를 살피기도 한다. 흐린 날엔 발길이 닿는 대로 걷는다. 하루에도 몇 번씩 놀이하듯 찾는다. 이리저리 걷다 보면 하고 싶은 일이 눈에 들어온다.

안수산이 따스한 햇볕을 날라다 주면 겨울 볕이 소중하고 아깝다는 생각도 함께 온다. 햇볕이 나무에 골고루 들도록 꽃 모양의 형을 잡아준다. 꽃 피는 순서에 따라 전지하는 일을 잊지 않는다. 매실나무를 시작으로 자두와 복숭아나무를 전지하면 보리수나무 가지들이 안수산을 보려는 듯 불쑥불쑥 솟아 있다.

안수산 등산길이 땅땅하게 얼었다가 죽처럼 녹는 일을 반복한다. 얼 때는 큰 돌도 땅으로부터 밀어 올려 얼음의 힘을 느끼게 된다. 기온이 올라가면 돌을 밀어 올린 힘이 슬그머니 땅을 놓아버린다. 힘이 풀린 돌 주변이 곤죽이 되어 위험해진다. 세간의 일이 꼭 그런 것 같다.

산에는 매달 두 번씩 오른다. 둘째 주 월요일은 마을 사람 몇이 함께 길을 정비하러 나선다. 돋아난 돌을 치우고 길 쪽으로 삐져나온 나뭇가지를 자른다. 산길 안내 리본을 교체하고 버려진 휴지와 음식물 쓰레기, 비닐을 줍는다. 톱과 전지가위, 쓰레기봉투를 분담해 챙겨간다.

매번 같은 길로 다니는 것은 아니어서 길을 새롭게 낼 때도 있다. 어릴 적 나무하러 다니던 샛길, 기우제를 지냈던 터, 울창한 서어나무와 작고 큰 비원을 담아 놓았을 돌무더기의 탑산날, 소원을 들어준다는 두꺼비바위 등을 찾는다.

그 밖에도 이야깃거리가 있는 골짜기, 이끼 군락지, 커다란 다래나무가 있는 곳을 찾고, 안수산 중턱을 따라 망바위, 벌통바위. 입벌린바위, 얼음바위 등도 빼놓지 않는다. 묻혀있는 전설을 찾아 마을에 기운을 불어넣기 위해서다.

귀농귀촌한 젊은이들과는 넷째 주 월요일에 산을 오른다. 처음 참여하는 동행자가 있을 때는 잔디밭에서 자기소개의 시간을 갖는다. 방학 중이라 동참한 교사가 있는 때도, 목공을 하는 귀촌인이 참여하는 때도 있다. 귀농귀촌센터에서 완주살이를 체험하고 완주에 정착한 젊은이들은 자주 참여한다.

등산은 산기슭을 따라 밤나무와 감나무 길을 완만히 걷는 것으로 시작한다. 백합나무로 수종을 바꾼 곳에서부터 경사지를 오르다, 돌탑이 있어 잠시 쉰다. 탑 위에 돌을 하나 더 얹기도 하고, 소원을 빌기도 한다.

여기서부터 가파른 오름세를 오르다 보면 '저절로 가는 길'이라는 나무 안내판을 볼 수 있다. 문구에는 안수사로 가는 길이라는 의미와 절이 가까이 있어 저절로 가는 길이라는 중의적인 뜻이 담겨 있다. 산에 오른 수고를 조금이나마 응원하려는 문구로 읽혀 미소를 짓게 한다.

저절로 걷다 보면 어느덧 절에 당도한다. 천년 고찰인 안수사는 법당과 요사채만 있는 작은 절이다. 마치 안수산 정상에 있는 바위에 매달려 있는 듯하다. 수백 년 된 느티나무 곁에 배롱나무의 줄기와 가지가 땅 쪽으로 기기묘묘하게 뻗어 절의 명물이다.

탁 트인 산 아래로 만경강이 고산 읍내를 감싼다. 밤샘에서 발원하여 여러 지류의 물이 세심정에서 합쳐져 봉동, 삼례를 거쳐 서해로 흐른다. 젊은이들이 아름다운 풍광을 보고 산 기운을 받아서인지 산에 오르는 수고를 일거에 보상받은 듯 해맑다.

산 능선을 타고 재 너머에서 마을 쪽으로 방향을 잡고 내려와 성재여행에서 산행 소감을 듣고 서로의 경험을 공유한다. 공동체에는 리더가 있어 산에 대한 소개와 일정, 준비물 등을 안내한다.

공동체를 운영하는 데는 시행착오도 있었다. 몸을 보호하는 데 가장 기초적인 무릎보호대와 스틱을 준비하지 않고 등산하다 미끄러진 경우가 그렇다. 평소에 등산으로 다져진 몸이라면 별문제가 없으나 그렇지 않고 가볍게 참여했다가는 넘어져 다칠 수가 있다.

이런 경우를 대비하여 장구를 챙기도록 공지하고 무릎보호대와 지팡이를 여분으로 비치했다. 열 명이 넘게 참석하는 경우는 선두와 후미를 미리 정해 등산이 원만하게 진행되도록 하고 있다.

매달 오르다 보니 식생에 관한 해설도 곁들여진다. 궁금한 사항은 숲해설가인 동규 선생님에게 물을 수 있고, 자세한 내용은 나중에 단톡방에 알린다. 등산 때마다 나무와 꽃, 버섯이 사진으로 정리돼 식물도감이 되어간다.

아울러 자기가 좋아하는 나무나 꽃을 지정해 매달 식생의 변화를 확인한다. 바위 틈새를 뚫고 자라는 소나무나 아름드리 적송, 멧돼지가 등을 긁어 사방으로 껍질이 벗겨진 소나무가 관찰 대상이 될 수 있다.

젊은이들이 안수산을 오르며 산기운을 받는다. 젊은이들이 마을을 찾으니 젊은 기운도 함께 온다. 정원과 마을, 안수산을 잇는 등반 공동체가 조금씩 모습을 갖추어 가며, 문화 공동체가 되어간다.

안수산이 선물한 그늘

●

매달 안수산을 오른다. 오르는 길과 내려오는 길이 매번 같지는 않지만, 안수산을 줄기차게 오른다. 2년을 줄기차게 오르다 보니 길이 생기고 길에서 만나는 사물들과 친숙해지고 나무와 꽃의 작은 변화까지 알아차릴 수 있다.

안수산을 이해하는 일이 그런 정도의 이력으로 깊은 바닥에 닿았다고 자신할 수는 없지만, 어느 대상에 대한 지식의 차원에서 조금은 벗어나 체감과 즐김의 차원으로 조금은 들어섰다는 생각이 들기도 한다. 그런 생각은 오만이라기보다는 애정이다.

등반 공동체와 함께 산에 오르며 자연의 변화를 각자의 방식으로 이해하고 체험하는데, 4월에도 어김없이 새로운 얼굴이 등장했다. 완주군의 〈한 달 살기 프로그램〉에 참여하고 있는 예술가들이다. 서울에서 대학을 마치고 여행이 아닌 삶으로 완주를 체험하며 할 일을 찾고 있다.

자신이 원하는 일을 농촌에서 찾는 모습은 지켜보는 것만으로도 즐겁다. 그들이 조금씩 꿈을 선명하게 드러내는 활동에 전념되어 활력을 얻기도 한다. 젊은이들의 시선이 도시에서 시골로 향하고 있음은 지역 공동체가 주목해야 할 지점이라는 확신이 든다.

처음으로 등산 모임에 참석하는 이는 여느 시골집이겠지 하고 성재여행을 찾지만, 집 뒤쪽으로 펼쳐진 정원과 안수산을 보는 순간 탄성을 토한다. 미처 예상치 못한 비밀 정원을 대면하고 터지는 놀라움이다. 곧바로 등산을 시작할 수 없는 이유다.

놀라움을 뒤로 하고 도랑 가 잔디밭 위쪽에 자리한 연못에 닿으면 독일붓꽃과 꽃창포가 색색으로 반긴다. 연못 옆 둔치의 대나무는 죽순이 쑥쑥 자라 대숲을 이룰 기세다. 안수산을 찾은 젊은이들이 완주에 새로운 숲을 만들 죽순일지 모른다.

현진이는 전공이 무용이다. 지인이 완주를 추천해 오게 되었다. 시각 디자인을 전공한 소연이는 작년에 서울 '갤러리 도스'에서 개인전을 열었다. 영준이는 출판에 관심이 있고, 지나는 음악을 전공했다. 고산 인근에 있는 농가에 살며 시골에서 뿌리를 내릴 수 있는지를 살피고 있다.

한 달 만에 어떤 삶을 살 것인지 결정하기는 쉽지 않을 것이다. 그저 맛보기 정도에 그칠 수 있다. 그렇다 쳐도 자기가 좋아하는 곳에서 관심을 쏟고 역량을 발휘해 실행에 옮겨 보는 일은 소중하다. 새로운 환경과 맞닥뜨린 경험이 자신을 알아가고 자기가 하고 싶은 일을 발견하는 데 도움이 될 것이다.

고산은 산세를 따라 만경강이 흐르고 곳곳에 빼어난 풍광과 이야 깃거리가 있다. 6개 면이 함께하는 고산장이 5일마다 열린다. 장날 이면 시골장치고는 많은 사람이 모인다. 지역민 500여 명이 참여하 는 단톡방에 색다른 시도들이 쉴 없이 공지된다.

고산미소시장에서는 토요 장터가 열린다. 의류, 소형가전, 식기 등 되살림이 가능한 것들이 모였다 흩어지고, 안 쓰는 물건 나눔과 지역 소식이 자유롭게 오간다. 그런 모습이 젊은이들을 끌어당겼 는지, 작년에 고산에서 3개월 살기 프로그램을 마친 청년 중 80% 가 이 지역에 정착했다.

고산이 만들어가는 장터 문화에는 권력을 가진 리더가 없고 모 두가 평등하다. 다양한 형태의 메뉴를 취향에 따라 골라 참여한다. 터키식 케밥과 라오스식 샐러드, 태국식 솜땀이 메뉴에 오른다. 상 상력의 산물들이 민주적인 방식으로 운영되고 꿈틀댄다.

이번 토요 장터에서는 용진 두억마을 어른들이 공연했다. 나이 80세가 넘는 단원 10여 명이 지게를 짊어진 차림새에 작대기를 두 드리며 가락을 맞췄다. 진묵대사(1562~1633)의 기이한 이야기를 소 재로 만든 공연인데, 노래하는 사이사이로 지게 춤에 작대기 장단 이 기막히게 어우러졌다.

장터를 오가는 지역민은 먹고 마시며 박수를 치고 사진을 찍는다. 현진이와 소연, 영준, 지나는 공연이 피워올린 흥에 연신 장단을 맞추고, 가락과 리듬을 채집하며 즐기는 모습이 보기에 좋다.

이번 달 등산에 참여하지는 못했지만, 공동체의 분위기를 알기 위해 참석한 제이 자매가 눈에 띈다. 작년에 동생이 고산에서 3개월 살기 프로그램에 참여했다가 정착하고, 언니를 불러들여 '고산의 아침'이라는 가게를 열었다.

지역을 대표하는 산물인 생강과 홍시, 콩, 채소를 이용하여 푸딩, 소이밀크, 후무스, 콩 마요네즈를 만든다. "몸에 들어가는 음식이 우리 몸을 만든다."라는 신념으로 방부제나 첨가물을 사용하지 않는 친환경 제품들이다. 건물 2층에 입주해 있는데도 젊은이들이 찾고 인터넷 판매가 많다고 귀띔했다.

효웅이는 2022년에 고산에 왔다. 지난해부터 줄곧 안수산을 함께 오르며 정착하는 과정과 활동을 지켜봤다. 옆 마을에서 게스트하우스를 운영하고, 귀농귀촌 교육 강사로 참여한다. 사람을 끌어모으는 매력이 있어 주위에 청년들이 몰린다. 귀촌 3년 만에 정착에 성공한 모델이다.

젊은이들이 안수산 그늘로 몰려오는 현상은 이들을 끌어당기는 뭔가가 있다는 방증이다. 크지는 않지만, 등반 공동체의 역할도 조금은 힘이 되었을 것이다. 고산에 정착하려는 젊은이들이 모여 정보를 공유하고 경험을 나눈다. 빈집을 소개하고, 지역사회와 맺어

주는 역할을 한다.

안수산은 고산의 낱낱을 지켜본다. 만경강을 따라 사는 사람들을 세세하게 살피고, 밤에는 안수사에서 불을 밝힌다. 불빛은 안수산의 눈이다. 밤에 불빛이 보여야 사람들이 안심하고 잠을 잘 수 있다고 믿는다.

마을 사람들이 길을 내고 젊은이들이 산을 찾는다. 젊은이들이 정착해 죽순처럼 쑥쑥 자라도록 뒤에서 응원한다. 길을 내고 길눈이 되는 인연을 통해서다. 안수산이 주는 선물이자 따뜻한 그늘이다.

마을 음악회

●

감잎이 도랑 언저리 잔디밭을 따라 수북하게 쌓였다. 갈퀴로 낙엽을 모으다 허리를 펴면 붉은 감 사이로 구름이 온갖 형상을 펼쳐놓는다. 제트기 한 대가 안수산에서 발진하여 구름을 가르며 하얀 자국을 남기고, 비행운은 이내 구름의 세계로 동화된다.

정원은 나무와 꽃, 풀이 휴면기라 한가롭다. 딱히 서둘러 할 일이 없고 잔디밭에 자라는 풀만 뽑아준다. 웃자란 나무나 죽은 가지는 전지해 불쏘시개로 쓰고, 장마로 파인 곳은 괭이로 흙을 고른다. 당장 해야 하는 일도 아니어서 심심파적으로 한다. 시든 풀과 꽃의 덤불은 그대로 두면 땅의 거름이 된다.

고산자연휴양림에서 와일드푸드 축제가 한창인지 산을 넘어 온 확성기 소리가 시골의 적막을 깬다. 골짜기 하나를 마을이 차지하고 그 아래로 집들이 골목을 따라 그만그만하게 모여있다. 골짜기를 중심으로 애증이 켜켜이 박혀있다.

귀촌한 사람의 집은 반듯하고 깔끔하다. 마을에 들어서면 눈이

94

먼저 간다. 톡 튀는 집은 오랜 세월 살아온 사람들에게 부러움과 시샘을 받기 쉽다. 반듯하고 깔끔한 공간은 마을 사람들과 아직 관계가 쌓이지 않아 애증이 깊지 않다는 증거일 수 있다.

골짜기로 갇힌 공간은 관습이 법에 앞선다. 시골에 정착하려면 마을 주민들의 눈높이를 헤아려 처신해야 하고, 뭔가를 하려면 이장의 협조가 필요하다. 시골에서는 이장이나 터줏대감의 눈 밖에 나면 힘든 순간이 올 수 있다.

마을 어귀에서 기타와 드럼, 색소폰 소리가 흘러든 것은 올해 초엽이다. 시니어 10여 명이 '만경밴드'라는 간판을 달고 연습 중이다. 6평 남짓한 연습실은 악기와 반주기, 보면대 등이 비치돼 있고, 탁자에 앉아 차를 마시며 담소할 수 있는 공간이다.

나도 한때는 기타를 배운 적이 있었다. 화음 코드를 열심히 연습했다. 그렇지만 내 머리와 손가락은 따로 놀았고, 손가락은 내 것이 아닌 것 같았다. 1년 정도 기타 케이스를 어깨에 메고 다녔는데, 그때마다 내가 뮤지션이라는 느낌이 들어 좋았다. 하지만 그 기간은 짧았다. 손이 굳고 음악성이 없다 싶어 그만두었다.

그러던 차에 밴드 연습장이 생겨 눈길이 갔다. 갓길에 차들이 주차돼 있으면 소리가 나지 않아도 곧 연습이 시작되리라는 걸 알 수 있다. 지나는 길에 마주친 단원이 잠시 차 한잔하자고 이끌었다.

반주가 나오자, 보컬이 노래한다. 기타가 연주되고 어느새 드럼과 색소폰이 끼어든다. 노래는 이 곡에서 저 곡으로 쉼 없이 이어진다. 어느 곡이 나오든 즉석에서 연주할 수 있는 기량이다.

다른 곳에서 연습하다 사정이 생겨 연습실을 이곳으로 옮겼는데, 연주 실력이 탄탄해 보였다. 마을에 사는 단원이 주민들과 소통하고, 바쁜 농사철에는 신경을 쓰며 연습하고 있다고 했다.

그러면서 마을 사람들에게 연습한 것을 발표할 생각이 있다는 속내를 내비쳤다. 우리 집 잔디밭을 사용해도 좋다고 제안하니 단원들이 반색해 마을 음악회를 열기로 했다. 사전에 이장과 협의하도록 하고, 사회는 마을 사람이 보는 것으로 의견을 모았다.

우리 마을에는 지형과 풍경을 사진에 담고 옛 지명을 찾으며 이야깃거리를 만드는 문화 이장이 있다. 직장 생활하며 사회를 본 경험도 있고, 마을 일이면 자발적으로 나서 사회자로서 손색이 없을 터였다.

음악회는 시월의 마지막 날로 잡았다. 안내지에 진행 순서가 들어가고 마을을 상징하는 팽나무와 괭이바위, 안수산에서 찍은 마을 모습, 어릴 적 냇가를 건너던 섶다리 사진이 실렸다.

반주 소리에 사람들이 잔디밭으로 모여든다. 먼저 온 사람들은 은행잎이 노란 융단을 깐 심여지 주위를 둘러보고, 부들과 꽃무릇, 부레옥잠을 배경으로 사진을 찍는다. 악기 소리는 사람들의 발걸음을 재촉하고 도랑 건너 탑산날이 반향을 일으켜 개울 물소리까지 흥겹게 흐른다.

이용의 〈잊혀진 계절〉을 시작으로 그동안 갈고 닦은 연주 실력을 맘껏 뽐낸다. 사이사이에 면장과 파출소장, 이장이 소개되고, 마이크를 잡은 김에 노래를 한 곡씩 부른다. 이런 자리를 예상하여 준비한 듯 어색함이 없다.

노래를 좀 한다는 자칭 가수와 우쿨렐레, 색소폰, 하모니카 연주자도 기량을 맘껏 발휘한다. 노래 메들리에서는 마을 사람들과 참석한 사람들이 어울려 흥겹게 춤을 춘다. 가을 햇볕 아래 펼쳐진 음악회의 절정이었다.

음악회는 밴드 동호회와 마을 사람들이 주도했다. 나는 장소 제공과 외부 출연자 섭외를 도왔다. 비행운이 구름이 되듯이, 성재여행이 마을에 동화되어 가고 있다는 것을 보여주는 풍경 하나가 그렇게 만들어졌다.

풍경을 탐하다

●

　도서관으로 가는 길에서 여러 풍경을 만난다. 거뭇한 산들이 차창 밖으로 저 멀리 웅크려 있고, 그 앞 들녘에는 볏짚이 땅에 착 달라붙어 있다. 논두렁 구석진 음지로 눈이 듬성듬성 쌓여있다. 벼를 베고 남은 밑동은 썩어 곧 거름이 될 터이다.

　까마귀 무리가 전선에서 까악까악 우는 소리를 들으며 둑방길을 달리면, 달뿌리풀 사이에서 백로가 넓고 흰 날개로 유영하는 모습을 보곤 한다. 까마귀와 백로는 풍경에 생기를 불어넣는다. 지금, 이곳에서 생명체들과 함께 있다는 사실은 나도 살아있다는 느낌을 품게 한다.

　풍경은 어제와 크게 다르지 않다. 색이 미세하게 바뀌고는 하지만 자리를 지키고 있는 사물들이 견고하게 버티고 있기 때문이다. 사물이 나를 볼 때 나도 지나가는 하나의 풍경일 것이다. 까마귀나 백로와 다를 바 없겠다는 생각이 든다.

　시골에서 겨울나기는 버겁다. 치솟는 난방비는 어려운 살림을 휘게하고 전기요금 인상 압박이 이를 부추긴다. 도서관은 집이나 카페에서는 경험하기 힘든 환경과 풍경을 선사한다. 사람들의 발길을 도서관으로 이끄는 이유다.

3층 건물의 도서관은 시골에서 눈에 확 뜨이는 데다 조명과 난방 시설이 쾌적하다. 책이 구색을 갖춰 진열돼 있어 언제든 책을 볼 수 있다. "책도 꿈도 펼쳐보자."라는 현수막 문구도 도서관을 찾는 데 한몫했을 것이다.

부모가 아이들과 함께 도서실에서 책을 보거나 라운지에서 신문과 잡지를 보고 있는 사람들은 희망의 풍경일 것이다. 20평 남짓한 열람실은 직사각형의 벽에 사방으로 탁자가 둘러쳐지고 커다란 테이블이 중앙에 배치되어 이용객이 군집을 이루고 있다.

열람실 이용자는 크게 바뀌지 않는다. 자료실에서 책을 빌려와 보는 사람이나 행정복지센터, 시장에 들렀다 자투리 시간에 들르는 사람은 금방 눈에 들어온다. 대개는 자기 자리를 지키는 학생과 주민 10여 명이 붙박이다. 자리에 앉으면 이미 온 사람은 자기 자리에 앉아 있고, 내 뒤에 오는 사람도 어제의 자리를 고집한다.

창 쪽으로 난 탁자에는 8개의 의자가 있다. 나는 히터에서 뿜어내는 열기가 신경 쓰여 직접 받지 않는 곳에 앉는다. 창 쪽 중앙이 내 자리이고 덥거나 졸릴 때 창문을 조금 여닫을 수 있다. 이 자리를 고집하는 것은 중요하다. 자리가 내 마음의 상태와 풍경의 각도를 결정한다.

그 자리에 앉아야 딱 맞는 옷을 입은 것처럼 편하고 하루가 즐겁다. 예민해서일까, 자리가 정해진 직장 생활이 몸에 배어서일까. 그렇게 살아왔고, 나는 그렇다는 것이다. 다른 사람들도 그들만의 자리에 앉는 것은 그만한 이유가 있을 것이다.

문득 회사 다니던 시절, 20층 사무실에서 창밖을 바라본 풍경이 떠오른다. 전사 혁신 프로젝트 책임을 맡아 휴일 없이 일한 날이 많았다. 밤새워 일하고 하남 검단산으로 치솟는 해를 맞을 때는 해냈다는 희열과 해내고 있다는 기대감이 차올랐었다.

자리에서 창문들을 하나씩 살펴본다. 모두 8개의 창, 밖의 풍경들은 그 창들을 통해 다가온다. 앉은 자리에서 각각의 창과 만나는 각도에 따라 창이 담고 있는 풍경의 크기와 모습이 달라진다.

소나무가 초록의 잎을 굳게 잡고 있고, 햇살을 받지 못한 밑가지는 누렇게 시든 잎을 달고 있다. 호랑가시나무는 초록빛을 띠고 나를 응시한다. 데크에 인접한 철쭉만이 가지와 순을 불쑥불쑥 들춰내 자기 존재를 확인시키려는 듯 전지한 가지 위로 솟아 있다.

다른 사람도 나름의 이유로 그 자리에 앉고 자신이 좋아하는 각도로 풍경을 볼 것이다. 자기의 창에서 밖을 바라보듯이, 자기만의 선호하는 자리가 있다. 그것은 자신만이 아는 것으로 누구도 알 수 없는 일이다.

열람실을 오갈 때 다양한 사람과 풍경이 눈길을 잡는다. 토익을 공부하는 대학생, 문제집을 펴놓고 핸드폰을 보는 고등학생, 기사 자격증을 준비하는 취업준비생, 도서관 도장이 찍힌 책을 보는 주민이 어울린다. 도서관은 학생과 주민이 섞여 함께 지내는 겨울 광장이다. 문득 고등학생을 보면 고등학교 다니던 시절이, 자격증을 공부하는 취준생을 보면 그 시절이 소환된다.

풍경을 이루는 대상은 물질적이고 물리적이다. 각자가 처한 위치와 느낌, 감정에 따라 풍경은 달리 해석되고, 의미가 부여된다. 오롯이 개별적이고 임의적이다. 사물에 대한 마음의 각도와 해석이 가지는 제한성 때문일 것이다. 그렇다고 제한으로만 이해할 필요는 없다. 초점을 맞추는 의미이기도 할 테니까.

도서관은 책만 보는 곳이 아니다. 도서관에 오가며 들녘의 풍경을 보고 까마귀와 백로의 생동감을 느낀다. 도서관을 찾는 사람들의 일상과 행동, 욕망을 짐작해 본다. 그 모습들에서 지나온 세월을 되돌아본다. 나도 그들의 풍경이 된다.

웅치와 이치, 나라의 명운을 쥐다

●

　전주에서 고산 방면으로 가다 시선을 먼 곳에 맞추고 보면, 병풍으로 서 있는 높고 큰 산에 닿는다. 금남정맥의 최고봉 운장산(1,126미터)이다. 그 산세로 인해 금산에서 전주로 진입하려면 운장산과 대둔산 사이의 배티재를 넘거나 남쪽으로 방향을 잡아 운장산과 마이산 사이의 곰티재를 넘어야 한다.

　때는 1592년 4월 13일, 일본군은 부산성을 공략해 20일 만에 한양을 점령하고, 두 달이 지난 6월에는 전라도를 제외한 7도를 수중에 넣는다. 파죽지세로 명나라까지 침공하려던 계획은 남쪽 바다에서 이순신(1545~1598)이라는 복병을 만난다. 후방지역에 불안을 느낀 일본군은 조선 8도를 분할 점령하는 전략으로 바꾸고, 제6군 고바야카와(1533~1597)는 한양에서 회군하여 전략적 요충지인 전주 공략을 감행한다.

　당시 육지의 관군은 오합지졸이었다. 부산 동래성이 무너진 이래 상주에서 이일(1538~1601), 탄금대에서 신립(1546~1592), 용인에서 이광(1541~1607)이 전투다운 전투를 제대로 해보지도 못하고 패한다. 그나마 곽재우(1552~1617)와 정인홍(1536~1623), 고경명(1533~1592), 김천일 등 의병장의 활동이 돋보였다. 이제 전라도를 잃으면 나라가 망하는 절체절명의 순간에 육지에서도 전혀 다른 전투 양상이 전개된다.

금산성에 주둔한 고바야카와는 부장 안코쿠지로 하여금 용담과 진안을 거쳐 전주를 공격하게 한다. 웅치 전투는 7월 8일 새벽에 진안군 덕봉마을과 완주군 두목마을로 이어지는 곰티재에서 벌어진다.

호남지역 관군과 의병은 3개 진을 치고 치열한 전투를 벌인다. 저녁 무렵엔 화살이 떨어져 의병장 황박(1564~1592), 나주판관 이복남(1555~1597) 등이 안덕원으로 후퇴하고, 3진을 맡았던 김제 군수 정담(1548~1592)과 휘하 장정들은 끝까지 싸우다 전사한다.

전투는 전에 없이 격렬했다. 호남 방어군이 어찌나 용맹하게 싸웠던지 이에 감동한 일본군은 조선군의 시체를 모아 무덤을 만들고 "조선국의 충성스러운 넋을 조상한다."라는 푯말을 세우고 지나갈 정도였다.

전주로 들어오는 초입인 안덕원에서 남원을 방어하던 동복 현감 황진(1550~1593)이 기습 공격해 일본군을 격퇴한다. 웅치에서는 패했지만, 웅치전투를 안덕원까지 포함해 넓게 보면 승리한 전투였다.

이에 격분한 고바야카와는 8월 17일 대규모의 군사를 이끌고 진산을 거쳐 배티재로 공격해 온다. 배티재(이치)는 당시 전라도 고산현과 진산군의 경계인 대둔산 허리에 위치한 고개이다.

이치 전투에서 황진은 용맹이 삼군의 으뜸이었다. 활을 백발백중으로 빨리 쏴 조총을 든 일본군을 쓰러뜨렸고, 화살을 대주는 병사가 서너 명이나 되었다. 엄지손가락이 터져도 활을 당겼고, 전투 막바지에는 조총을 맞고 큰 부상을 당한다. 전황이 불리한 듯했지만 광주 목사 권율(1537~1599)의 독려와 황박, 공시억, 위대기 등이 병사들과 힘써 싸워 대승을 거둔다.

전투가 끝난 뒤 동복으로 돌아가기 위해 병사들이 황진을 떠메고 전주를 지나갈 때 백성들이 앞다퉈 몰려와 절하며 "만약 공이 힘써 싸워 일본군을 꺾지 아니했다면 이 땅의 생령들은 간뇌를 흙에 뭉개 버리며 죽었을 것이다."라고 하였다. 그 뒤 황진은 가는 곳마다 혁혁한 전공을 세워 그해 무려 7품계나 승진한 충청도병마사가 된다.

웅치·이치 전투는 전라도를 보전하여 물자와 병력 조달을 가능하게 했고, 바다에서는 후방에 대한 걱정 없이 해선을 치를 수 있게 했다. 웅치 전투가 있던 날 바다에서는 한산대첩이 있었다. 육군과 해군이 동시에 승리한 쾌거였으며, 풍전등화의 위기에서 전쟁 국면을 바꾸는 계기가 됐다.

이러한 배경에서 이순신은 "호남은 국가의 보장이니 만약 호남이 없다면 국가가 없다(湖南國家之保障 若無湖南是無國家)."라고 《난중일기》에 적었다. 당시 전쟁 국면을 정확하게 표현한 통찰이었다.

황진은 1590년 조선통신사 일원으로 정사 황윤길(1536~1592?)을 수행하여 일본의 군사적 동향을 살피고 침략을 예견한다. 동복 현감으로 있을 때 일본의 침략에 대비하여 수백 명의 최정예병을 양성한다.

이순신은 전쟁 발발 14개월 전인 1591년 정읍 현감에서 7단계 높은 전라좌수사가 된다. 부임 즉시 진지를 순찰하며 전쟁 준비에 온 힘을 쏟는다. 전쟁 전날에도 배에 올라 거북선의 총통 발사 훈련을 한다.

황진은 이듬해 의병장 김천일(1537~1593)과의 약속을 지키기 위해 진주성 2차 전투에 참전하여 전사한다. 이순신은 퇴각하는 일본군과 벌인 노량해전에서 최후를 맞는다. 바다에서는 이순신, 육지에서는 황진이 가장 용맹을 떨친 명장이었다. 사즉생의 자세와 선승구전의 전략도 다르지 않았다.

임진왜란을 이야기할 때 권율은 자신이 주도해 승리한 행주대첩보다 이치 전투를 더 높게 평가했다. 일본군도 가장 뼈아픈 패배로 웅치·이치 전투를 꼽았다. 나라의 명운을 쥔 전투에서 승리할 수 있었던 것은 이런 명장들과 함께 죽기를 각오하고 싸운 이름 모를 관군과 의병들이 있어 가능했다.

곰티재는 진안군과 완주군의 경계를 이루는 산 능선에 위치하고, 웅치 전적비는 곰티재 정상에서 200미터 떨어진 지점에 있다. 이치 전적비는 충남과 전북의 경계인 대둔산 자락 밤티재에 있다. 그곳에서 대둔산 정상의 바위 밑을 주목하면, 동학농민혁명 당시 최후의 항쟁지가 보인다.

곰티재와 밤티재에 서면 곳곳에 아로새긴 역사적 사실을 몰라도 너무 몰랐다는 회한이 앞선다. 고개가 절로 숙어지고 마음속에 뭔가 울컥 차오르는 게 있다.

웅치와 이치, 민족의 성소(聖所)다.

완주에서 완주하기

●

완주의 행정 명칭은 백제 때 '완산주'에서 유래했다. 글자에서 보듯 완주(完州)는 '완전한 고을'이란 뜻이다. 세상에 완전한 고을이 어디 있겠는가. 사람들이 살기 좋고, 살고 싶은 곳이라는 의미로 읽어야 할 것이다.

완주는 지형적으로 대둔산에서 남으로 뻗어 전주를 감싸며 모악산까지 넓게 자리를 잡았다. 밤샘에서 발원한 만경강이 완주를 관통해 흐르고, 강과 산세를 따라 인구 10만 명이 3읍 10면에서 살고 있다.

자치 교육을 시행하는 교육실험장이 완주다. 교육 철학이 같은 학부모들이 집단 이주해 폐교 위기에 처한 초등학교를 살려냈다. 졸업 후에도 자녀를 지역 중학교와 고등학교에 보낸다. 숟가락공동체에서는 취학 전 공동육아를 한다.

완주는 로컬푸드 직매장을 최초로 시도한 곳이다. 소비자는 산지와 가까운 매장에서 친환경 농산물을 싸게 산다. 농가와 소비자가 유통에 따른 비용을 줄여 그 혜택을 함께 누리기 때문에 가능하다. 지금은 로컬푸드 직매장이 전국적으로 확대되어 성공한 사례로 평가받는다.

귀농 귀촌 인구가 전북지역 평균의 3배나 되는 23%(21년)를 점유한다. 특히 40대 이하 구성비의 경우 귀농이 34%, 귀촌이 64%를 차지한다. 완주는 사람들이 살고 싶어 하는 귀농 귀촌 1번지다.

예비 귀농인에게는 귀농인의 집이 제공되고 주택 구입, 농지 매입, 영농정착자금 등 각종 혜택이 주어진다. 수소특화국가산단이나 테크노밸리 산단 유치 등 일자리 창출도 한몫했을 것이다.

복합문화지구 누에 아트홀은 재즈피아니스트 김성수의 〈재즈 다이닝〉이 한창이고, 창암 이삼만(1770~1845)의 〈묵향을 찾아서〉와 미술 전시회가 열리고 있다. 미디어센터에서는 토요일마다 영화를 상영하고, 농한기 때는 농한기 영화제가 열린다.

완주인문학당은 독특하고 독보적인 문화 활동을 하고 있다. 최근 시집을 낸 시인과 함께 시인의 시집을 완독한다. 시집을 줌(Zoom)으로 완독하다 보면 5시간이 넘게 걸리는 때가 있다. 전국에 관심 있는 사람들은 물론 미국에서도 참여하는 국제적인 시사랑 모임이다.

문화 향유의 실태와 여건을 나타내는 지표인 문화지수가 전국 지자체 중에서 3위다. 2021년에는 문화체육관광부로부터 법정 문화

도시로 지정됐다. 군 단위 문화도시로서는 최초다. 완주를 찾은 지인들은 이런 문화 생태계를 무척 부러워한다.

문화적 측면에서 볼 때 완주의 중심에 고산면이 있다. 고려 때부터 현(縣)이었던 고산면은 완주 동북쪽에 위치한 6개 면의 중심지로 문화 콘텐츠를 개발하고 시행하는 플랫폼의 역할을 한다.

고산미소시장은 2013년 문화관광형 테마장터로 문을 열었다. 차와 빵, 책방, 목공예 등 31개 점포가 자기만의 이야기를 담아 줄지어 있다. 그중 '비빌언덕 중개사무소'는 공간 대여와 귀농귀촌정보 제공, 굿즈 제작을 지원한다.

장터에서는 체험프로그램, 공연, 야시장 같은 문화행사가 펼쳐진다. 먹거리와 재미, 이야기가 있는 가게들이 섞여 젊은이들과 어울린다. 평소 갈비탕 한 그릇을 먹을 요량이면 10시부터 줄을 서야 한다. 주말에는 전주, 익산 등에서 찾아오는 사람들이 장사진을 이룬다.

행정복지센터나 도서관, 책방, 카페에서는 인문학 강연과 각종 문화 활동이 수시로 열린다. 나는 다양하고 풍성한 문화 메뉴 중에서 붓글씨를 배운다. 공부 중인 한시에 서예를 겸하면 좋겠다는 생각에서다. 수강료는 무료이고, 붓만 준비하면 된다. 벼루와 먹, 종이 등 일체가 갖춰져 제공된다.

김구 선생(1876~1949)은 《백범일지》에서 "오직 한없이 가지고 싶은 것은 높은 문화의 힘"이라고 했다. 우리나라가 군사나 경제 대국이 되기보다는 문화 강국이 되길 열망했다. 그런 면에서 완주는 지역 특성에 맞는 문화가 생활 곳곳에 묻어나고 개발되는 문화의 최전선이라 할만하다.

만경강은 동에서 발원하여 서로 유장하게 흐른다. 강 따라 사람과 먹거리가 어울려 문화의 향기를 발산한다. 일찍이 이서구(1754~1825)는 이런 풍경을 〈호남가〉에서 "고산의 아침 안개 영암을 둘러 있다."라는 노랫말로 당시의 고산현(高山縣)을 잘 표현했다.

완주는 문화의 힘으로 이름값을 톡톡히 하고 있다. 로컬푸드 직매장과 교육 실험이 다른 지역으로 확산된 것처럼 풍류 문화도 그러길 희망한다. 이런 문화의 최전선, 완주에서 삶을 완주(完走)할 수 있다는 것은 행운이다.

정원 읽기

●

　빈센트 반 고흐(1853~1890, 네덜란드)는 어린 시절 정원을 가꾸는 어머니의 모습을 보고 자랐다. 그는 평생을 통해 정원을 가져 본 적이 없지만, 대자연을 자신만의 정원으로 삼았다. 프랑스의 프로 방스 지역에 있는 아를에서 "삶이 다른 데가 아닌 정원에서 펼쳐진 다고 생각하면 그다지 슬프지 않아."라며 자신을 다독였다.

　식물을 사랑하여 작은 움직임이나 변화를 알아채 해바라기와 밀, 올리브나무의 색을 놓치지 않고 그렸다. 자연 속 정원은 고흐 에게 영감의 원천이었다. 이처럼 영감을 주는 자연 속 정원을 찾아 나서는 일은 언제나 설렌다.

　울릉천국은 큰 바위(송곳봉)가 버티고 있는 분지에 조성되어 있 다. 산골 물을 활용해 연못을 만들고 야외에서 공연도 한다. 지자 체에 땅을 기부해 건축한 아트센터는 음반, 사진 등 음악 자료는 물론 소극장이 있어 이장희 천국이다. 개인과 지자체가 협치해서 이뤄낸 사례다.

인근의 예림원은 울릉해안 일주도로에 인접해 있다. 해상의 신비로운 주상절리와 천혜의 자연경관이 조화를 이루는 경사지에 자생 수목 400여 그루가 자란다. 일몰 해상 전망대와 폭포가 있고 문자 조각도 볼 수 있는 정원이다.

저녁에는 독도지킴이 회원들과 도동항 쉼터에서 시와 노래의 시간을 가졌다. 나는 이백(701~762)의 〈우인회숙(友人會宿)〉을 읊었다. 달과 별과 바다가 어우러져 하늘은 이불이고, 땅은 베개가 된 밤이었다.

제주도의 정원 읽기는 웰니스관광학과 학우들과 함께했다. 베스트힐은 열기구 체험과 드론 게임을 할 수 있는 최첨단 정원이다. 잔디밭 주위에는 캡슐형 게르 시설이 갖춰져 있고, BTS가 머물며 찍은 화보와 소품을 활용한 카페가 있다. 인근 국유지에는 편백나무숲이 울창한데, 임도를 산책길로 활용하는 점이 인상적이었다.

폴개협동조합은 4개 조합이 운영하는 융복합 형태의 사회적 기업이다. 숙박과 농작물 수확 체험, 원예 치유가 가능하다. 정원에서 제주 학우들의 환대 속에 바비큐 파티와 관광창업 특강이 있었다. 한 학우의 〈인연〉이라는 노래는 너울이 되어 모두를 인연의 바다로 이끌었다.

내가 지향하는 정원은 '베케'다. 베케는 뭇 생명들을 품고 위로하는 '돌무더기'라는 뜻의 제주어다. 자연을 거스르지 않고 자연과 사람이 서로를 품어주는 자연주의 정원의 모델이라 할 수 있다.

베케는 땅과 식물과 사람의 관계를 헤아린다. 정원의 모든 공간이 주변을 아름답게 하고, 정원에 흐르는 시간과 정원을 찾는 사람들의 마음까지도 고려한다. 이런 철학을 구현한 베케에서 정원의 힘을 보았다.

요즘 시골에도 정원 카페가 늘고 있다. 새로 생긴 카페에 들러 정원을 읽는다. 정원의 전체적인 느낌은 어떤지, 어떤 철학과 관점으로 디자인했는지, 조망권과 구조물 배치는 어떠한지, 고객의 동선은 자연스러운지, 그곳에서만 볼 수 있는 것은 무엇인지를 헤아려 본다.

정원이 가지는 스펙트럼은 이처럼 넓고 다양하다. 정원은 쉼과 에너지를 주는 작은 세계다. 정원 읽기는 성재여행을 가꾸고 보살피는 데 영감의 원천이 된다. 작은 노력으로 큰 기쁨을 얻는 일이다.

안수산에 깃든 유산

●

어머니는 요양병원에서 임종을 맞으셨다. 2019년 9월 9일(월) 11시 20분, 92세의 나이로 떠나셨다. 돌아가시기 전 금요일 오전 문병을 다녀온 후 저녁 무렵 강풍에 부러진 자두나무 가지를 베던 중 나무에서 떨어졌다.

수령 50년이 넘는 굵고 튼실한 나무였다. 나무에서 톱으로 작업하다 장화가 미끄러졌는데, 떨어진 순간 숨쉬기 힘들 정도로 고통이 심했다. 한참을 지나 살펴보니 왼쪽 어깨가 할퀴고 오른쪽 무릎과 갈비뼈에 상처가 있었다.

평소 건강을 자신하던 터라 대수롭지 않게 생각하고 주말을 보냈다. 월요일 아침, 병원에 들러 검사를 받던 중 어머니가 위독하다는 연락을 받았다. 요양병원에 도착하니 죽음을 이미 맞이한 상태였다.

어머니는 7년 동안 요양원과 요양병원에 계셨다. 서울 인근 요양원에서 5년을 모시다 병세가 악화해 완주에 있는 요양병원으로 모셨다. 그때는 사람을 알아보지 못했고 식사도 호스를 통해서 했다. 그래도 문병할 때면 어머니의 얼굴을 보아서 좋았고, 얼굴 표정은 나만을 위한 언어로 쓰여 있는 것만 같았다.

연명 치료를 하면서도 어머니를 오랫동안 병원에 모신 것은 아버지의 영향이 컸다. 아버지는 1988년에 돌아가셨는데, 지금 내 나이보다 젊은 나이였다. 아버지는 인근 뒷산에 나무를 하러 갔다가 뇌출혈로 쓰러지셨다. 날이 어둑해도 돌아오지 않자, 동네 사람들과 함께 찾아나서 병원으로 이송했다. 서울에서 연락을 받고 고향 집에 도착하니, 병원에서 더 이상 어찌할 수 없다는 진단을 받고 집으로 모신 상태였다.

가족과 친척들이 모여 인공호흡기를 떼기로 했고, 모두가 지켜보는 앞에서 빼 드렸다. 고생하신 일들은 다 내려놓고 하늘나라에서 평안히 쉬시길 기도할 때 울음 파도가 이어졌다. 아버지를 그렇게 보내드렸던 터라 어머니는 장수의 복을 달라고 기도했었다.

돌이켜보면 부모님은 고생이 예정돼 있었다. 시골에서 7남매를 어려운 살림에 키웠고, 종손 집이라 매달 한 번꼴로 제사를 치러냈다. 제삿날이면 말 잘하고 드센 작은 할아버지들과 삼촌들이 제사상 차림과 의례 등을 두고 말다툼이 잦았다. 농사철 바쁜 와중에도 속을 삭이며 제사를 정성껏 드리는 광경을 지켜보곤 했다.

아버지는 배움이 없었으나 부지런했고 법 없이도 살 분이었다.

얼마 되지 않은 농토에 가족을 건사하느라 살림은 늘 쪼들렸다. 농사를 짓는 틈틈이 마을의 보리타작을 도맡아 했다. 밤이면 무릎이 저려 쪼그려 앉은 상태로 이 생각 저 궁리를 하던 고단한 모습이 눈에 선하다.

그런 와중에도 교육열은 대단해 어느 자식이든 공부하면 고생을 등짐 삼아 가르치겠다는 다짐이 확고했다. 어쩌다 내가 서울에서 학교를 다니게 되었다. 돌이켜 보니 그때는 그 무게를 느끼지 못했지만, 학비와 하숙비의 무게만큼 아버지의 허리를 휘게 했다는 생각이 든다.

어머니는 손놀림이 빨랐고 총기가 있었다. 한번 들은 이야기나 상황을 정확하게 설명할 때는 이의를 다는 사람이 없었다. 어릴 적 안수산 넘어 산속에서 취나물이나 고사리를 뜯을 때면 저만치서 어머니는 혼잣말로 삶의 신산함을 노래처럼 흥얼거리셨다. 어떤 일의 상황을 파노라마처럼 되뇌다가, 가끔 어머니의 유전자를 받아서인가, 라고 생각한 적이 있었다.

어머니는 아버지를 여의고 고향 집에서 24년을 홀로 사셨다. 그러다 치매를 얻어 요양원에 모셨고 요양비는 농지 임대료에서 일부를 충당했다. 가족회의에서 내가 어머니를 보살피기로 했고, 고향 집을 증여받았다.

퇴직을 7년 앞둔 시점이었다. 고향에서 살겠다는 어릴 적 다짐이 이루어지는 계기였다. 주말마다 고향에 들러 집을 돌봤다. 집 뒤쪽으로 경사진 논과 밭을 기회 있을 때마다 마련해 지금의 성재여행터가 되었다.

어머니를 요양원과 요양병원에 모시며 찾아볼 때마다 옆 침대가 비어가는 모습을 지켜봤다. 죽는 일이 그리 멀지 않음을 자연스럽게 느끼곤 했다. 어느 해 새해 첫날, 가족이 모인 자리에서 생각의 속내를 밝혔다.

나는 집에서 임종을 맞을 것이고, 죽으면 화장해 안수산 자락 심여지 주위 쑥대밭에 뿌리도록 했다. 앞으로 성재여행은 자연주의 정원으로 운영할 것이며, 이런 철학을 성실하게 이행할 자녀에게 물려주겠다고 밝혔다.

그렇게 하는 것이 부모의 유산을 지키고, 안수산에 깃드는 일이기도 할 것이다.

파수꾼이 된다는 것

●

완주는 문화도시다. 지자체 245개(조사 기준 2020년) 중 문화지수
가 3위다. 각종 공연과 영화 상영, 치유의 시 발표 등 문화 활동이
다양하다. 독서 모임도 많다. 지자체에서 예산을 지원받아 책이 제
공되는 경우가 있고, 관심과 취미가 같은 사람들이 모여서 책을 읽
는다.

사회변혁에 관심 있는 사람들은 《자본론》과 《분배 정치의 시대》,
《거대한 전환》 등의 책을 독파한다. 도서관이나 지역 고등학교에서
교사와 학부모들이 함께하는 고전 읽기 모임도 있다.

몇이서 하는 독서 모임에서 J.D. 샐린저(1919~2010, 미국)의 《호밀
밭의 파수꾼》(1951)을 읽기로 했다. 다시 봐야 할 책으로 벼르던 터
라 반가움은 컸다. 책에서 주인공을 따라가다 보면 작가를 만나게
되고, 종내에는 기후변화의 파수꾼이 되는 일과 의미 맥락이 그리
멀지 않다는 사실을 깨닫게 된다.

홀든 콜필드는 키 185센티미터에 흰머리가 많은 16세의 청소년

이다. 네 번째 전학한 펜시고등학교에서 낙제점을 받고 퇴학당해, 통지서가 집에 도착하기 전 3일간 뉴욕의 싸구려 호텔과 술집을 전전하며 방황한다.

홀든은 기존의 제도와 가치에 적응하지 못하여 매사가 공허하고 우울하다. 글 잘 쓰는 형이 전문 작가가 아닌 할리우드로 진출한 것도 마뜩잖고, 하스 교장의 가식적인 속물근성은 더욱 그렇다.

역사 과목을 가르치는 스펜서 선생이 "인생이란 규칙에 따라야 하는 운동 경기와 같다. 자네 머릿속에 분별이라는 걸 넣어주고 싶어."라고 충고할 때는 몹시 힘들어한다. 이처럼 어른들은 하나 같이 거의 다 그를 우울하고 절망하게 한다.

그가 유일하게 좋아하는 것은 어린이들의 순수함이다. 빨간 머리의 남동생 앨리는 야구 글러브 곳곳에 시를 써놓았다. 남동생이 백혈병으로 죽자, 동생의 글러브를 가방에 넣고 다니며 그 위에 쓰인 시를 작문에 인용하곤 한다. 그리고 동생을 잊지 않으려는 듯 빨간 모자를 즐겨 쓴다.

소설은 여섯 살쯤으로 보이는 아이가 길을 걸어가는 모습을 묘사하면서 주제로 진입한다. 부부는 서로 이야기하며 걷고, 아이에게는 관심이 없다. 아이는 인도와 차도 사이에 있는 연석 바로 옆을 걸어가고 있다.

아이도 똑바로만 걸어가고 싶었던 모양으로 걸어가는 내내 콧노래를 흥얼거린다. 〈호밀밭에 들어오는 사람을 잡는다면〉이라는 노래다. 어른이나 아이는 현실이나 소설에서 바라보는 시선이 서로 다르다.

이 광경을 목격하고 홀든은 비로소 우울해하지 않는다. 그러면서 그는 여동생 피비를 만난 뒤 작별 인사를 하고 서부로 떠나 그곳에서 벙어리에 귀머거리 행세를 하면서 살 작정이었다.

피비를 만난 뒤 홀든은 결정적 전기를 맞는다. 비를 흠뻑 맞으며 회전목마를 타는 피비의 모습을 지켜보다, 무한한 행복함을 느끼게 된다. 그 순간 소명을 발견한 듯, 서부로 가지 않고 집으로 향하며 다짐한다.

"나는 늘 넓은 호밀밭에서 꼬마들이 재미있게 놀고 있는 모습을 상상하곤 했어. 어린이들만 수천 명이 있을 뿐 주위에 어른이라고는 나밖에 없는 거야. 그리고 난 아득한 절벽 옆에 서 있어. 내가 할 일은 아이들이 절벽으로 떨어질 것 같으면, 재빨리 붙잡아주는 거야. 애들이란 앞뒤 생각 없이 마구 달리는 법이니까. 그럴 때 어딘가에서 내가 나타나서는 꼬마가 떨어지지 않도록 붙잡아주는 거지. 온종일 그 일만 하는 거야. 말하자면 호밀밭의 파수꾼이 되고 싶다고나 할까."

1950년 당시 청소년의 성장통을 다룬 대표적인 소설에 《데미안》이 있다. 헤르만 헤세(1877~1962)의 이 소설은 진지하고 교훈적이다. 주인공 싱클레어가 내면의 세계, 즉 알이라는 하나의 세계를 깨뜨리고 나와 데미안이 되어가는 과정을 그렸다. 청소년이 성장하면서 겪는 내적 변화에 집중했다.

이에 비해 《호밀밭의 파수꾼》은 위선적인 기존 사회에 저항하여 인간 본연의 가치와 순수를 찾으려는 청소년의 방황과 일탈을 다뤘다. 진솔한 한 인간의 실존적 고독을 생생하게 보여주고 있다.

작가는 말한다. 아이들은 순수하다. 세상에 대해 망쳐지지 않았다. 나는 여전히 순수하길 바라지만 못 볼 것들을 봤고 결코 다신 순수해질 수 없다고. 그러면서 그는 주어진 여건에서 순수함을 집요하게 추구한다.

그가 창조한 인물 홀든(Holden)은 "잡힌, 붙들린"이라는 뜻으로 작가의 또 다른 이름이다. 소설은 학교에 붙잡힌 홀든의 고뇌를 생생하게 보여줌으로써 어른의 단계로 떨어지려고 하는 순수함을 잡아주려는 몸부림으로 읽힌다.

"이 책의 모든 페이지는 노르망디의 해변을 돌격할 때 나와 함께했다. 히틀러의 죽음의 수용소에서도 썼고 내 이름만 기억했던 병원에서도 썼다. 이 책이 아니었으면 난 죽었을 거다."라고 말하며, 그는 홀든을 분신처럼 생각했다.

샐린저는 책을 홍보하거나 영화로 만들어지는 것도 반대했다. 글쓰기에 방해되는 것은 무엇이든 없애야 한다며, 뉴햄프셔 코니

시 숲으로 들어갔다. 그곳에서 아무 보상 없이 글만 쓰겠다는 자신과의 약속을 지켰다. 호밀밭의 파수꾼은 바로 작가 자신이었다.

그는 어린이의 순수함을 지키려면 어떤 노력을 해야 하는지, 호밀밭의 파수꾼이 되려면 어떻게 해야 하는지 그리고 글을 쓰는 데어떤 자세를 가져야 하는지에 대해 몸으로 보여준 작가다.

책을 읽고 나면 "겨울에 연못이 얼면 오리들은 어디로 갈까?"라는 대목이 불현듯 떠오른다. 그러면서 "기후변화로 지구에서 살 수없게 되면 인간은 어디에서 살까?"라는 물음이 꼬리를 잇는다. 호밀밭의 파수꾼을 기후변화의 파수꾼으로 읽어서일까.

성재여행(聖才與幸)

●

　잔디밭 사이사이에 점나도나물과 질경이가 초록색을 띤다. 덤불을 들춰보면 냉이와 쑥, 토끼풀이 제자리를 표시하고 있다. 매실나무 가지의 어느 지점이 붉어져, 곧 움을 틔우겠다는 암시가 전해져 오고, 가지에 앉은 새들은 날갯짓이 부산하다.

　부산하게 봄을 준비하는 생명들의 모습을 지켜보다가 마음을 다져보게 된다. 지금까지 살면서 얻은 경험과 통찰에 더하여 옛사람의 생각과 지혜를 융합해 보는 것도 한 방편일 것이라는 생각이 내려앉는다.

　노자(老子, 기원전 571~471)는 일찍이 "성인처무위지사 행불언지교(聖人處無爲之事 行不言之敎)"라 하여, 성인은 함이 없음의 일에 처하고 말이 없음의 가르침을 행한다는 행동규범을 제시했다.

　무위는 허(虛)를 극대화하는 방향으로 행동하는 인간의 노력이나 지혜다. 가공되지 않은 통나무처럼, 가장 질박한 원래의 상태로 돌아가라는 말이다. 불언지교는 사람의 마음을 움직이려면 논리보다는 말없이 솔선수범하라는 뜻이다.

노자는 천지의 모습에서 인간 행동의 준거를 찾았다. 유욕에서 무욕으로 가는 길이다. 이는 자기를 낮추고 비우는 데서 시작한다. 유위의 극치인 과학 문명의 발전은 우리에게 편리함과 풍요로움을 주었지만, 기후 위기와 환경 파괴, 공동체 해체라는 폐해를 가져왔다. 이에 대한 해법으로 노자가 주목받고 있다.

고향 땅 성재리(聖才里)는 '성인 성'자에 '재주 재'자로 풀이되는 지명이다. 마을은 안수산 줄기의 한 자락을 차지하고 있다. 풍수로 본 마을의 형국은 다섯 신선이 바둑을 두는 형상인 오선위기(五仙圍碁)로 예부터 성인, 재사가 많이 배출된다고 해석했다.

성은 자연 그 자체의 성실함이고, 대자연의 성실함을 잘 따르는 자가 성인(聖人)이다. 마을 이름에는 천지가 스스로 그러한 자연이듯 사람들도 자연의 성실함을 본받아 살라는 뜻이 담겨 있다. 무위와 불언의 지혜를 가지고 사는데 이만한 지명이 있을까.

어릴 적 마을은 30여 호가 옹기종기 모여 살았다. 마을 일은 두레와 품앗이로 대부분 해결했고, 공터에서는 도랑을 중심으로 음지와 양지로 나눠 배구와 씨름을 겨뤘다. 면 체육대회에서 우승하는 날은 마을 잔치가 벌어지곤 했다. 눈이 오면 토끼를 몰았고 농한기에는 고기를 잡았다.

지금은 마을이 많이 변했다. 가구 수는 20여 호로 줄고, 아이들의 웃음소리는 듣기 어렵다. 지금 대비하지 않으면 마을의 쇠락은 가속될 것이다. 시골에 살고 싶은 마을이 많아질수록 사람들은 다시 시골로 돌아올 것이다.

마을마다 처한 상황과 특성에 맞게 '살기 좋은 마을'을 만드는 노력이 절실해 보인다. 작은 것에서 나부터 시도해 보려고 한다. 성재여행은 자연과 더불어 행복한 곳을 추구하는 정원이다.

산과 경계를 따라 성재여행 길을 냈다. 꽃과 나무를 보고 연못과 산골 도랑에서 즐길 수 있다. 둘레길은 산 중턱을 따라 난 길로 사색하며 걷기에 좋다. 백합나무, 산벚나무, 적송 군락지를 만끽할 수 있다. 안수산 길은 마을 사람들이 나무하러 다니던 옛길이다. 돌을 치우고 나뭇가지를 전지하여 길을 복원했다.

안수산 길에서 둘레길을 걷다 보면 성재여행 길에 닿고, 산지 습지에서 흘러든 물이 웅덩지와 심여지에 모여 산골 도랑을 거쳐 만경강으로 흐른다. 길이 서로 통하고 물이 모이는 곳에 성재여행이 있다.

산지 습지에서 스미는 물은 진흙같이 차지고 탁하다. 물이 조금씩 모여 연못에서 응결되듯이, 이곳에서 하는 일들이 덕으로 쌓였으면 하는 바람이다. 방문객은 연꽃과 부레옥잠이 좋다고 말한다.

성재동이 살기 좋은 마을이 되었으면 한다. 정원과 마을, 안수산을 연계하여 누구든 와서 쉼과 에너지를 얻는 물댄동산 같은 곳 말이다. 이렇게 하는 것이 마을의 이름에 값하는 일이 아니겠는가.

노자는 개가 짓는 소리나 닭의 울음소리가 미치는 마을 단위(《도덕경》 80장, 小國寡民)를 이상사회로 보지 않았나 싶다. 우리네 시골 여느 마을이 될 수 있다. 마을 사람들이 살아 있음을 고맙게 여기고, 하루하루를 즐기면서 사는 모습이다.

작은 것을 소중하게 생각하고 섬세하게 감각할 때, 서로 다른 생명들이 오롯한 삶을 살 수 있다. 그런 의미에서 헨리 데이비드 소로(Henry David Thoreau, 1817~1862)의 《월든(Walden)》 표제시를 빌려 성재여행의 표제시를 이렇게 고쳐 쓰고 싶다.

글 한 편을 쓰는 것이

내 꿈은 아니다.

내가 성재동에 사는 것보다

성인의 길로 더 가까이 갈 수는 없다.

길은 걸어 생기고

물은 모여 흐른다.

내 삶의 마을에는

산 기운과 강바람이 담겨 있고

안수산 봉우리의 푸른 빛은

내 생각 깊은 곳에 자리하고 있다.

3부 ──────── 억양을
각인하는 일

바위에 핀 꽃

●

뱃고동 소리가 울린다. 부대원 40명이 거수경례를 하고, 20여 명의 학생은 손을 흔든다. 나는 선수에서 거수경례로 화답한다. 여객선은 안마항을 한 바퀴 돈 후 다시 부우웅~ 기적 소리를 내며 항구를 벗어난다.

갈매기가 끼룩대며 이리저리 날고, 어부들은 어선에서 작업을 멈추고 여객선이 섬을 빠져나가는 것을 지켜본다. 배가 보이지 않을 때까지 흔드는 손이 가슴에 아련하다. 섬 근무를 마치고 떠나는 전송 의식에서다.

안마군도는 본섬을 중심으로 죽도, 횡도, 오도, 석만도 등이 군집해 있다. 안마도는 말안장을 닮았다 해서 붙여진 이름이다. 〈세종실록지리지〉(1454)에 "안마도는 말 33필을 방목한다."라는 기록이 있다.

운항 거리는 뱃길 36킬로미터, 안마도에 입항하려면 전남 영광군 법성포 계마항에서 여객선을 타고 먼저 송이도에 들러야 했다.

송이도에 도착하면 승객과 물건이 오르고 내렸다. 송이도에서 한참을 항해해 석만도에 들렀던 배를 안마도가 맞이했다.

서해안은 간만의 차이가 심하다. 물때에 따라 배 시간이 정해진다. 오전 7시에 뜨기도 하고, 어느 날은 오후 1시에 출항한다. 먼바다에 위치하여 풍랑주의보가 자주 발령돼 날씨를 미리 알아보지 않으면 낭패를 보기 쉽다. 운항 시간도 빠르면 3시간, 길게는 5시간이 넘게 걸린다.

교통수단은 영남호가 유일했는데, 이틀에 한 번꼴로 운항했다. 폭풍 예보가 있으면 며칠씩 배가 뜨지 않았다. 여객선은 육지의 소식을 섬으로 실어 날랐고, 배가 항구에 접안하면 섬사람들이 부두로 몰려나왔다. 안마항은 사람과 물품, 소식이 들고 나는 관문이었다.

해군 중위 시절, 레이더기지 부장으로 근무하던 때였다. 인간의 눈이 물체에서 반사한 가시광선을 받아들여 감지하는 것처럼, 레이더는 바다에서 물체가 반사한 전파를 감지한다. 산 정상에 자리한 상황실에서 대원들은 24시간 근무하며 해상 물체의 크기와 방향, 속도를 식별하는 일에 복무했다.

부장은 매달 한 번씩 함대사령부로 출장을 가야 했다. 안마도에서 배를 타고 법성포에서 버스를 타고 목포에 도착하여 일을 보는 꼬박 하루가 걸리는 길이었다. 사령부에서 공문서와 기밀문서를 휴대하고, 대원들의 급여와 부식비 등을 챙겼다.

출장을 마치면 법성포에 있는 남양상회에 머물렀는데, 군부대에 필요한 부식과 생활용품을 대주는 곳으로 식사와 숙박이 가능했다. 주인장은 대원들을 친아들처럼 챙겨 안마도에 드나들 때 육지의 거점 역할을 했다.

계마항에서 수로를 따라 30분 정도 나가면 칠산도 앞바다가 나왔다. 서해안의 대표적인 황금어장으로 물 반 고기 반으로 조기의 천국이었다. 4월 곡우 무렵 잡힌 조기는 영광굴비 중에서 으뜸으로 치는 '오사리 굴비'로 명성이 자자했다. 그 후 어업 기술의 발달과 남획으로 조기 떼는 자취를 감췄다.

기상악화로 배가 결항해 속을 태울 때는 어선을 빌려 부대로 복귀했다. 칠산 앞바다는 조기만큼이나 파도가 높기로 유명했다. 파도가 몰아치면 선장은 파도의 크기와 모양을 살펴 조타했다. 통통배는 앞뒤 좌우 그리고 대각선으로 너울대며 파도 사이를 헤치고 항해하는 듯했지만, 바다에 떠 있는 한 조각 나뭇잎이었다.

배에서는 소주를 마셔도 잘 취하지 않는다는 사실을 그때 알았다. 후미에 소주 됫병이 박스로 있었고, 선원들은 사발에 소주를 부어 들이켰다. 거칠게 요동치는 배에서 물을 푸며, 두려움을 느끼며, 사발을 비우며 부대에 복귀한 적이 있었다.

강한 태풍이 불 때는 레이더를 고정해야 했다. 한번은 대원들이 레이더를 밧줄로 고정할 때 밑에서 작업을 지시하고 있었다. 어느 순간 전주가 강풍에 뚝 하고 부러졌다. 무의식중에 옆으로 비킨 찰나, 내가 서 있던 곳으로 전주가 덮쳤다. 가슴을 쓸어내린 아찔한 순간으로 삶과 죽음이 가까이 있다는 사실을 몸으로 느꼈다.

지금은 비싼 몸이 되었지만, 당시에는 병어가 흔했다. 어선들이 태풍을 피해 항구에 들어오면, 부대에 병어를 보내오기도 했다. 그런 날은 부대 회식 날이었다. 지네도 참 많았다. 말리거나 술을 담아 파는 지네는 섬사람들에게 짭짤한 수입원이었다.

섬의 풍토가 몸에 어느 기질과 맞지 않는지 불 가까이 가면 붉은 반점이 생기곤 했다. 알레르기 증상은 그 뒤에도 지속되어 한동안 고생했다. 아무리 좋은 환경도 어느 이에게는 맞지 않는 구석이 있는 것 같다.

안마군도에는 초등학교와 분교가 하나씩 있었다. 형편이 되는 집은 자녀를 법성포나 광주로 보내 교육하지만, 대부분 가정은 그렇지 못했다. 어장이 가까이 있는데도 배를 마련할 여력이 없어 초등학교를 마치면 광주나 서울로 나가 남학생은 중국집 배달부로, 여학생은 가사도우미로 일한다고 했다.

이런 사정을 알고 밤에 야학을 개설했다. 안마교회 구혜란 전도사님과 협의해, 중학교 과정인 해광학원을 열었다. 교재는 법성포에 있는 중학교에 찾아가 구했다. 사정을 이야기하니, 교장 선생님이 학생들이 썼던 책을 모아주었다. 감사한 일이었다. 함께 참여한 대원들이 영어와 수학을 가르쳤고, 나는 국어를 맡았다.

개학 날 학생은 25명이었다. 이제 갓 초등학교를 졸업한 학생에서부터 대학생 나이의 학생도 있었다. 한 학년을 마치고 2학년 과정을 가르치는 기쁨도 누렸다. 1년 반가량의 근무를 마치고 진해로 발령 났을 때 안마항의 송별 의식은 그렇게 이루어졌다. 섬을 떠난 뒤에도 학교는 계속 유지되고 있다는 소식을 들었다.

어느 주말, 어선을 빌려 인근 섬에 갔을 때다. 오도분교는 학생 수가 5명으로 한 교실에서 선생님 한 분이 1학년을 가르치다 3학년, 6학년을 징검다리 건너듯 가르치던 학교였다. 전도사님이 성경 말씀을 전할 때 아이들은 책상 앞으로 의자를 바짝 당겼고, 그것도 모자란 듯 고개를 앞으로 쭉 내밀고 들었다. 듣는 표정과 눈빛이 간절했다.

그런 간절했던 표정과 눈빛들이 배가 떠날 때 바위에서 손을 흔들었다. 고사리손 10개는 배가 보이지 않을 때까지 아스라이 흔들렸다. 눈물이 핑 돌게 만든, 바위에 핀 꽃이었다.

삶의 물결 읽기

●

바다는 몇 시간을 봐도 질리지 않았다. 파도가 밀려왔다가 바위와 모래를 만나 다른 모습으로 흩어지고, 끌고 왔던 것들을 다시 거두어 돌아가는 것이 파도의 일이었다. 그 리듬의 반복은 매번 달랐다.

파도가 부서지며 만들어 낸 포말의 장막이 퍼지는 경계 또한 달랐다. 그 다름을 헤아려 보는 일이 지루하지 않았다. 파도의 일과 삶의 일이 다르지 않겠다는 생각이 함께 밀려오곤 했다.

동해시 어달리 횟집 구역에서 그리 멀지 않은 곳, 인적 뜸한 해수욕장에서였다. 모래사장을 걷다 앉았다 하며 바다를 보는 일이 좋았다. 저만치 폐선은 자신이 당당하게 누볐던 바다를 한없이 바라보고 있었고, 그 위로 갈매기가 이리저리 날며 하늘에 수를 놓았다.

본사에서 근무하다 동해출장소장으로 발령이 났다. 지방 근무는 처음이라 설렘과 두려움이 교차했다. 동해출장소는 묵호와 북평이 합쳐진 사업소로 사옥이 바닷가 가까이 있었고, 사택도 천곡동 산 중턱에 자리하고 있어 늘 바다를 볼 수 있어 좋았다.

　바다와 함께한 꿈 같은 날들이 6개월쯤 지났을 때, 갑자기 강릉지사 기획과장으로 발령이 났다. 사옥 준공을 앞두고 지사장의 필요에 의한 인사 발령으로 보였다. 당시 사장의 사업소 순시는 무척 신경 쓰이는 일이었다. 사장은 낡은 사옥을 보고 관동 8경에 버금가는 신사옥을 짓도록 지시했다.

　사옥은 경복궁과 수원성 등 전통 예술미를 가미해 설계됐고, 밖에서 볼 때 성곽을 연상시키는 건축물이었다. 대표적인 상징물은 대문 격에 해당하는 광영루(光瀛樓)였다. '빛이 널리 비치는 누각'이라는 뜻으로 강릉지사가 지역사회에서 전기를 밝히는 등대의 역할을 하라는 뜻이 담겼다. "세상에 빛을 이웃에 사랑을"이라는 한전의 사명과 잘 어울리는 작명이었다.

　강릉지사 사옥은 관동 9경으로 손색이 없었고, 지나가는 사람들이 구경하러 들르는 명소였다. 하지만 아름다움과 실용이 함께하는 경우는 드물다. 미를 따르다 보면 실용이 따르지 않을 수 있다. 전통미에 중점을 둔 사옥이라 사무실이 떨어져 배치돼 부서 간 동선이 길었다.

　그런 불편에도 직원들은 전통미가 깃든 사옥에서 근무한다는 자부심이 대단했다. 광영루에서 본 동해는 경포대 송림을 넘어 끝없이 펼쳐졌고, 하늘과 맞닿은 수평선은 눈을 떼지 못하게 붙잡았다.

봄철 남대천 골짜기는 개구리를 잡으려는 인파들로 북적였고, 은어가 참 많았다. 세숫대야에 된장을 버무려 깔아 비닐로 덮고 한쪽에 구멍을 내 물속에 담갔다가 얼마 지나 건져보면 은어가 대야를 채웠다. 봄기운은 개구리와 은어를 먹어야 얻는다는 말이 속담처럼 떠도는 고장이었다.

지사 관내는 험준한 산세만큼이나 출장소가 많았다. 교통이 불편한 지역이라 고장이 발생하면 신속하게 고치기 위한 배려였는데, 당시 본사에서 사업소 광역화 지침을 발표했다. 이에 따라 사업소 통폐합에 필요한 인근 사업소와의 거리, 인원, 장비, 주요 고객 등을 사진과 함께 제출해야 했다.

30여 개 지사와 출장소가 산재한 영동지역 구석구석을 방문하게 되었다. 그 기억의 퇴적물 중에서 탄광에 간 일을 잊을 수 없다. 태백지사 직원 20명과 함께 장성탄광 관계자의 안내를 받아 엘리베이터로 지하 수백 미터를 내려가 다시 옆으로 모노레일을 타고 한참을 들어갔다.

갱내는 어둡고 목이 칼칼하고 폐소공포증이 몰려왔다. 다시 경사 60도가량의 오르막을 올라 100미터 남짓한 거리까지 가야 했다. 답답하고 숨이 막혀 직원들이 가기를 포기해 자원자 5명만이 기다시피 올라갔다.

탄가루가 뿌옇게 날리는 속에서 광부들이 헤드랜턴에 의지해 탄을 캐고 있었다. 침묵만이 유일하게 취할 자세였다. 그러다 설핏 어느 광부의 눈과 마주쳤다. 처연한 마음과 함께 저렇게 탄을 캐는 삶의 자세라면 무슨 일도 할 수 있겠다는 생각이 들었다.

세월이 흐른 뒤, 우연히 탄광을 소재로 그림을 그린 황재형(1952~) 화가의 작품을 만났다. 작품들은 우리가 '막장 드라마', '막장 인생' 같은 단어로 폄하하고 형편없는 의미로 사용하는 단어인 '막장'의 진정한 의미가 무엇인가를 보여주었다.

화가의 작품 〈아버지의 자리〉를 본 사람이라면 '막장'이란 고단하고 진실한 단어를 두 번 다시 함부로 사용할 수 없을 것이다. 모진 세월을 묵묵히 견딘 얼굴에 새겨진 주름과 생의 한없는 깊이가 담긴 눈동자를 보는 순간 울컥하게 감정이 북받쳐 온다. 탄광에서 봤던 광부의 눈빛이었다.

겸손해지지 않는 사람이라면, 생의 의미를 조금도 모르는 사람이라는 평가조차 과하다고 말할 수밖에 없다. 내가 탄생에 참여했던 지사 사옥의 백미가 광영루였다면, 황재형 화가에게는 〈아버지의 자리〉가 그 자리를 차지한다고 단언할 수 있다.

회사에서 논문을 공모했던 일이 있었다. 주제는 '한전 기업문화의 바람직한 발전방안'이었고, 관심 있는 주제라 직원들의 행태를 살피고 생각을 나누며 6개월에 걸쳐 썼다. 최우수상을 받아 본사에서 발표하는 기회가 있었다.

당시 경험과 기억들이 마음속에 각인돼 좀처럼 잊히지를 않았다. 지사를 떠난 뒤에도 강릉에 가면 밖에 서서 사옥을 오랫동안 지켜봤다. 초당마을에서 순두부를 먹고 자판기 커피를 빼 들고, 모래사장에 앉아 파도의 일과 삶의 물결을 견줘보곤 했다.

라면데이

●

연말 즈음인 12월 23일이었다. 지사장 발령을 받고 부임하기 전날, 발령받은 사업소에 큰 정전이 있었다. 정전이 발생하면 사업소는 비상 상황에 돌입하는데, 사고는 27일과 30일에도 연이어 발생했다. 승진해 한껏 설레며 발령을 받은 터라 당혹감은 컸다.

사업소는 전화기에서 불이 나고 응답하는 직원들의 음성으로 시장통을 방불케 했다. 보직을 맡자마자 업무 파악이 되지 않은 상태에서 연달아 고장이 발생해 신고식을 톡톡히 치른 셈이었다.

중부지사는 서울의 종로구와 중구를 관할했다. 관내에는 정부기관과 언론사 등 주요 시설이 집중해 있어 다른 사업소에 비해 전력공급 비중이 상대적으로 높은 사업소였다. 이런 이유로 기술직이 줄곧 지사장을 맡아왔고, 사무직으로는 처음으로 보직을 맡게되었다.

우리나라에 전기가 들어온 것은 1887년 경복궁 내 건청궁이었다. 에디슨이 백열전구를 발명한 지 8년 만이었는데, 이는 일본이

나 중국보다 앞섰다. 을지로 사옥은 한전의 모태였던 경성전기 때부터 사용한 곳이었고, 그 뒤 삼성동으로 이전할 때까지 본사로 쓰였다.

사옥은 건축 당시 우리나라 대표적인 고층 건물이었고, 국내 최초로 내진과 내화 설계가 반영돼 2002년에는 '대한민국 등록문화재 제1호'로 등록되었다. 5층 건물의 사옥은 석조와 철근 콘크리트 구조로 육중한 느낌을 주었으며 건축물과 역사, 관할 구역 등 여러 측면에서 상징성을 가졌다.

전기는 생산 즉시 사용하거나 사라진다. 이런 특성 때문에 전기는 공급하는 양이 쓰는 양보다 항상 많아야 한다. 예비전력을 어느 정도로 운용하느냐가 전력회사의 효율을 결정하는 주요 요소다.

예비전력이 충분해도 설비는 고장이 날 수 있다. 차량이 전주와 충돌할 수 있고, 공사 현장에서 굴착기가 전선을 절단할 수 있으며 벼락이 치거나 까치가 전선과 접촉해 발생하는 등 정전을 유발하는 요인은 많다.

그뿐 아니라 중부지사는 전력 설비가 낡은 상태였다. 최초로 지중 설비가 설치되었고, 전국에서 지중설비 비중이 가장 높은 사업소로 지중에서 고장이 많이 발생했다. 맨홀 뚜껑을 열어보면 지중설비가 사방으로 복잡하게 뻗어나갔다.

지하의 좁은 공간에 설비가 계속 증설돼 복잡한 구조물을 이루고 있어 설비운영이 그만큼 어렵다는 방증이었다. 지상에서 일하는 것보다 지중업무가 힘들고 어렵기 때문에 직원들은 업무를 꺼리는 경향도 있었다.

전력회사의 핵심 가치는 안정적인 전력공급이다. 이 기반 위에서 지속가능한 발전이 가능하다. 사업소 업무는 영업과 요금, 배전, 설비운영으로 나눈다. 배전부서에서 전력설비를 건설하고, 요금부서에서 전기요금을 받는다. 고장이 발생하면 복구하는 일은 설비운영부서가 담당한다.

전기는 공기나 물과 같이 밤낮이 없고, 추위와 더위에 아랑곳하지 않고 공급해야 한다. 고장이 발생하면 종합상황실의 고장 램프가 울리고, 전기수리센터에서는 전기원들이 즉시 현장으로 출동한다. 전기원은 24시간 교대 근무를 하고, 고객과의 접점에서 고장 설비를 복구하는 직원들이다.

지사장은 직원들이 일을 잘할 수 있도록 여건을 만들고 사기를 북돋워 주는 일을 한다. 직원들이 회사의 핵심 가치에 주목하도록 이끄는 일이다. 그중 정전은 고객들에게 큰 불편을 끼쳐 즉시 사회문제가 될 수 있다.

전기원은 밤샘 근무한 뒤에 아침에 교대했다. 집에 가서 아침 먹기가 마땅치 않았는지 회사에서 라면을 먹고 가는 모습을 목격했다. 이런 사정을 포착해 시행한 것이 '라면데이'였다. 월요일마다

하는 간부회의를 한 달에 한 번은 전기수리센터에서 하겠다는 방침을 세웠다.

밤샘 근무자와 함께 아침으로 라면을 먹고 회의를 하며 현장의 목소리를 들었다. 애로사항이나 지원할 사항이 있으면 그 자리에서 즉시 해결했다. 초기에는 라면데이를 언제까지 시행할지 의구심을 품는 직원도 있었다.

지사장이 한 달 치 라면을 제공하고 다음에는 부서 책임자가 돌아가며 제공했다. 논의된 사항은 다음 회의에서 시행 여부를 확인할 수 있었고, 이를 지속해서 시행하자 직원들이 진정성을 이해하는 것 같았다.

정전 사고는 설비운영부서만의 일이 아니다. 단기간에 해결할 수도 없다. 같은 사고가 다시 발생하지 않도록 하는 일이 중요하다. 장기적인 보강계획을 세워 연차적으로 설비를 개선하고, 과학장비를 활용해 주기적으로 설비를 진단하고, 공사 현장에 순시를 강화하는 일이 유기적으로 시행되어야 한다.

"목걸이의 강도는 가장 약한 고리가 결정한다."라는 말이 있듯이, 전기품질 유지도 이와 다르지 않다. 전기원은 가장 낮은 직위에서 가장 위험하고 힘든 일을 한다. 지사의 분위기와 경쟁력은 전기원들이 얼마나 주인의식을 가지고 근무하느냐에 달려 있다. 정전 사고가 잦으면 사업소 분위기가 나빠져 다른 업무에도 좋지 않은 영향을 끼친다.

라면을 함께 먹는 일은 작은 일이다. 하지만 작은 일이 큰 결과를 낳을 수 있다. 라면데이를 시행하며 직원들이 설비운영에 더 주목하고 애정을 쏟는다는 것을 느꼈다. 지사장과 간부들이 관심을 가지니 잘해야겠다는 생각도 했을 것이다. 리더십은 결국 구성원의 힘을 빌려 쓰는 일이다.

창조적 길 찾기

●

　어떤 종류의 업무를 맡든 난감한 일이나 어려운 상황에 맞닥뜨릴 때가 있다. 혼자서 처리할 수 있는 일이라면, 자신이 능력을 발휘해 처리하면 된다. 하지만 대부분의 일은 이해관계자가 있어서 얽히고설킨 실타래가 되고 마는 상황이 종종 벌어진다.

　꼬인 타래를 풀어내는 일은 힘들다. 실 끝마다 다른 풀이를 생각하는 고집스러운 관계자가 있기 마련이다. 그 때문에 해당 사안에 해박해야 함은 물론이고 얽히고설킨 문제의 맥락을 꿰뚫어 보면서 이해관계를 조정해야 한다.

　한 회사에서 오랫동안 근무하면서 경영기획과 조직, 인사, 법무, 영업 등 여러 분야에서 일했다. 어느 분야나 조금씩 꼬인 타래가 존재했지만, 가장 풀기 힘든 타래가 '전력 거래' 업무였다.

　전력 거래는 전력산업의 총화라 할 수 있다. 전기가 생산되는 과정, 즉 발전에서부터 송전, 배전, 판매에 이르기까지 통틀어 알아야 한다. 각 단계에서 발생하는 고정비와 변동비, 간접비 등이 계산돼 전기요금에 고스란히 반영된다. 이론적으로는 전기공학과 경제학, 회계학을, 실무적으로는 리더십과 협상 전략이 필요함을 의미한다.

전기나 물은 보편적 공급이 이루어지는 공공재다. 이들 재화는 공적 성격이 강해 공익성과 기업성의 교집합에서 의사결정이 이루어진다. 때에 따라서는 기업성보다 공익성이 우선할 때가 있다. 같은 전기이지만 가정에서 쓸 때, 사무실에서 쓸 때, 공장에서 쓸 때, 농사지을 때의 요금이 다르고, 노약자나 저소득층에게는 각종 혜택이 주어진다.

세계화와 공기업의 민영화 물결을 타고 2001년에 전력산업구조 개편이 있었다. 한전은 법과 정관에서 발전업을 겸할 수 없도록 못 박았다. 발전 부분이 한전에서 분리돼 한수원은 원자력과 수력, 양수발전을 맡고, 화력발전은 5개 발전자회사로 나뉘었다. 그 밖에도 여러 민간 발전사가 있었다.

전력산업과 같은 장치산업은 설비를 건설하는 데 막대한 돈이 들어가고 유지보수하는 데도 마찬가지다. 이에 따라 고정비가 차지하는 비중이 높아 전력 분야에 대한 진입 장벽이 상대적으로 높을 수밖에 없다.

한전에서 사실상 독점하던 발전이 여러 발전사로 나뉘어 이해관계가 첨예하게 대립하는 구조로 재편되었다. 발전한 전기는 한전에서 전량을 구매하지만, 발전 부문의 경쟁구조는 필연적으로 의사결정의 무게 중심축이 공익성에서 기업성으로 이동하는 결과를 낳았다.

발전원은 원자력과 유류, LNG, 수력, 양수, 태양, 바람, 수소 등 여러 가지가 있다. 전원별로 건설비가 다르고, 운영비 또한 제각각이다. 같은 전원설비라도 발전기마다 발전 비용이 천차만별이다. 생산한 전기는 발전기별로 비용을 평가하여 구매한다. 가격은 실시간으로 결정되어야 하지만, 기술적으로 아직 거기까지 미치지 못해 시간 단위로 결정한다.

전기는 주식이 증권거래소에서 거래되듯 전력거래소에서 사고판다. 전기라는 물성의 특성으로 주식과는 다른 특성이 있는데, 발전사에서 하루 전날 10시에 발전기별로 얼마의 양을, 얼마의 가격에 발전할 것인지를 입찰한다.

한전과 전력거래소는 협업으로 전력 수요를 예측해, 하루 전날 15시에 수요와 공급이 일치하는 지점에서 가격이 결정된다. 발전단가가 낮은 순서대로 입찰한 발전량을 합쳐 수요와 만나는 지점이 가격인데, 이를 '계통한계가격(SMP)'이라 한다.

계통한계가격 이하로 입찰한 발전기는 모두 같은 가격을 받는다. 가격은 원자력에 이어 석탄, LNG, 유류 발전기 순으로 발전량이 쌓이면서 수요와 일치하는 지점에서 결정되기 때문에 평상시에는 화력발전이, 전력 수요가 많을 때는 LNG나 유류 발전기에서 가격이 결정된다. 날씨의 영향을 과도하게 받는 태양광이나 풍력은 발전량이 불안정하여 입찰에 참여하지 않고, 별도의 계약으로 구매한다.

이런 시스템이 작동하기 위해서는 정교한 제도적 장치가 필요하다. 비용평가위원회는 발전기마다 매월 한 번씩 비용을 확정해서 한 달간 적용한다. 전력시장 운영에 관한 규칙을 정하는 규칙개정위원회는 분기별로 열린다. 회의에서 치열한 논리와 협상이 펼쳐진다. 위원들은 정부, 대학교수, 에너지 업계, 전력거래소, 발전사에서 참석하고 한전에서는 전기를 구매하는 전력거래실장이 주로 위원으로 참석한다.

보직을 맡자마자 업무 특성상 특단의 조치가 필요함을 직감하고, 학습조직을 만드는 일에 착수했다. 매주 수요일은 본사 각 분야의 전문가를 초청해 강의를 듣고 토론했다. 저녁에는 비용평가와 시장운영 규칙에서 논의할 내용에 대해 발표하고 토의하는 시간을 가졌다. 이를 '창조적 길 찾기'라 이름 지었고, 직원들은 '창길이'라고 부르길 즐겼다. 수요일은 어김없이 창길이를 만나는 날이었다.

위원회에서는 폭넓은 이해가 있어야 의견을 제시하고 대응할 수 있다. 이해관계자는 물론 전력산업구조 개편론자들과 격론이 벌어지기 일쑤였다. 이에 대응하고 균형 잡힌 의사결정을 유도하는 데 창길이가 한몫했음은 물론이다.

2년간의 노력은 《전력 거래의 모든 것》이라는 책자로 만들어져 길라잡이가 되었다. 책자대로 대비하면 전력 거래 업무를 쉽게 이해하고 대응할 수 있었다. 이때 경험과 자료는 박사학위 논문을 작성하는 데도 유용했다.

직장 생활을 하며 위기 상황이 호기가 된 경우였다. 그 뒤 어려운 일이나 곤란한 상황과 맞닥뜨리면 '창길이'를 떠올리곤 한다.

연비어약

●

    고향 사업소에서 본부장을 할 때다. 정년을 몇 년 앞둔 시점이었다. 발령을 받고 얼마 지나지 않아 시골집에 갔는데, 읍내와 마을 입구에 '전북본부장 취임 축하'라는 현수막이 걸려 있었다.

    현수막이라는 사물 자체가 시골 풍경과는 어울리지도 않고, 현수막이 만들어 낸 도드라진 풍경을 미처 예상하지도 못했기 때문에 얼굴이 화끈거렸다. 그때 느낀 감정은 지켜보는 눈길이 많겠다는 압박감이었다.

    본부장이 된다는 것은 직원들이 소망하는 일이다. 도 단위 지역을 관할하는 직위로 업무 재량이 많고 책임도 크다. 시·군마다 사업소가 있고, 직원이 천여 명이 넘는다. 무엇보다 정년을 앞두고 고향에서 기관장을 한다는 것은 갖기 어려운 행운이었다.

    건지산이 사택 가까이 있어 전주의 허파와 같은 역할을 했다. 새벽 어둑할 때 편백나무숲에 드는 순간, 맑은 공기와 피톤치드가 몸과 마음을 깨웠다. 걷는 동안 자연스럽게 이런저런 생각이 찾아들

148

었는데, 관심사는 어떻게 본부를 운영할 것인가였다.

이곳저곳으로 난 길을 걷다 보면 어느덧 조경단이 나왔다. 조경단은 조선을 창업한 태조 이성계의 조상이자 전주 이씨의 시조 이한(李翰, 713(?)~754(?), 신라)의 묘역이다. 어느 날 조경단 근처에서 표지석을 발견했다. 큰 나무가 울창해 평소에는 그냥 지나쳤는데, 그날 눈에 확 띄었다. 창암 이삼만(1770~1847)이 쓴 '연비어약(鳶飛魚躍)' 서예비였다. 창암은 유수체라는 독창적인 서체를 개척했고, 추사 김정희(1786~1856)가 인정한 조선의 명필이었다.

연비어약은 "솔개는 하늘을 날고 물고기는 연못을 뛴다."라는 뜻으로 시경과 중용에 나온다. 솔개나 물고기가 그들의 세계에서 자유롭게 놀 듯이, 우리 인간도 사는 곳에서 즐겁고 멋지게 살라는 뜻으로 이해했다. '분위기는 즐겁게, 일은 멋지게'하는 조직이라면 솔개나 물고기와 같은 경지가 되지 않을까 싶었다. 〈즐겁고 멋진 본부〉가 슬로건으로 탄생하는 순간이었다.

프랑스 작가 엘렌 식수(1937~)는 《글쓰기 사다리의 세 칸》에서 위대한 글에는 세 개의 학교가 공통으로 들어있다고 밝혔다. 가만히 따져보면 즐겁고 멋진 본부가 되기 위해 생각해 냈던 방안들이 엘렌 식수가 제시한 방법론과 멀지 않았다.

첫째는 '망자의 학교'다. 새로운 방안은 기존의 관습과 사고를 바꾸는 것에서 출발하지만, 과거의 것을 버리는 것이 아니라 사유를 통해 현실과 상황, 꿈에 맞게 우려내야 함을 의미한다. 과거의 것들이 새로움의 원천이 되어 날마다 새롭게 태어나는 일신우일신을 이루는 일이다.

업무 보고는 대부분의 경우 본부장실에서 받는다. 나는 연초 업무 보고를 해당 사무실로 찾아가서 받았다. 이때는 간부만이 아니라 직원도 참석하게 했다. 간부들이 발표하는 모습을 직원들이 보도록 하고, 그 자리에서 직원들이 하고 싶은 이야기를 하도록 해 현장의 목소리를 들었다. 본부장이 먼저 눈높이를 낮추는 시도였다.

회사의 분위기는 노조와의 관계가 관건이다. 이치는 알지만 어떻게 하느냐는 녹록하지 않은 일이다. 판매와 송·변전을 담당하는 노조위원장 두 명과 저녁 자리에서 본부의 운영 방향을 설명하고 이해를 함께했다. 회사의 방침이나 규정에 어긋나지 않으면 노조의 의견을 존중하고 수용했다. 매월 한 번씩 만나 대화하고, 각종 행사에서 배려하고 적절하게 예우했다.

둘째는 '꿈의 학교'다. 엘렌 식수는 문학에서 꿈이 맡아 온 역할을 이야기했지만, 문학뿐만 아니라 모든 일에 적용되는 이야기다. 나는 꿈꾸고 꾸게 하는 사람으로 불리길 원한다. 부족하기에 지금보다 나은 내가 되고자 했고, 다른 사람과 함께 꿈을 꾸고자 노력했다. 교회학교에서 30년 이상을 교사로 봉사했고, 군대에서는 야간에 중등학교 과정을 개설해 가르쳤다. 즐겁고 멋진 본부가 되는 일은 소망스러운 꿈이었다.

셋째는 '뿌리의 학교'다. 가장 낮은 단계에서 일어나는 근원의 중요성이다. 직원이 그 근원을 자부심으로 만들며 근무하길 바랐다. 본부 관내는 예술의 향기가 물씬 풍기는 예향답게 음식과 한옥, 한복이 잘 어울린다. 전주대사습놀이에서는 판소리를 겨루고, 임실 필봉농악은 국가무형문화재로 지정됐다. 직원들이 난타 동호회를 만들고, 필봉에서 전문가를 초빙해 장구를 배우며 난타팀과 협연할 수 있도록 기량을 다졌다. 난타팀은 회사 행사 때마다 초청돼 흥을 돋워 자연스럽게 본부를 알리는 계기가 되었다.

문화적 근원에서 생각을 끌어내고 그 생각을 함께 공유하기 위해 청춘 에이전트 50명을 육성했다. 사업소와 부서에서 추천받은 직원들이 주축이 됐고, 그들은 본부를 이끌 동력이었다.

매월 한 번씩은 '청춘 에이전트의 날'로 정해 오전에는 외부 강사를 초청해 강의를 들었다. 최명희문학관에서 추천한 작가를 초청해 혼불의 정수를 깨달았고, 국악인 오정해는 《서편제》에서 열연했던 모습을 재현했다. 가슴 밑바닥에서 토해내는 한(恨)은 듣는 이들의 애간장을 태웠다.

오후에는 10명씩 5개 조로 나누어 회사의 현안과 본부의 발전방안을 토의하고 발표하는 시간이었다. 참신하고 재미있는 생각과 행위 예술이 쏟아져 나왔다. 발표 내용은 심사위원이 평가해 우승한 조에 자기가 읽고 싶은 책을 선물했고, 원하는 날 하루를 쉬게 했다. 저녁에는 청춘 에이전트, 회사 간부, 노조 간부가 함께하는 축제의 장이 펼쳐졌다.

2008년부터 2012년까지 사장은 사기업 출신이 재직했다. 공기업에 변화를 주기 위한 정부의 조치였고, 전국 사업소장 회의가 수안보나 속초 연수원에서 분기 또는 반기에 한 번꼴로 열렸다. 회사에서 제시한 주제를 지역 본부장이 발표해야 했고, 14개 본부가 평가받는 자리였다. 전북본부는 청춘 에이전트들이 쏟아낸 방안을 정리해 발표하면 되었다.

소식지 〈연비어약〉을 발행했던 일이 새삼 떠오른다. 매주 한 번씩 청춘 에이전트들이 즐거운 일, 미담, 행사, 제언 등을 모아 발행했다. 본부의 현 위치와 애환을 함께 알고 함께 이야기하고 함께하는 매체였다. 소식지는 쌓여 본부의 뿌리가 되었다.

나는 한 번도 경영평가에서 1등을 하자고 말하지 않았다. 분위기는 즐겁게, 일은 멋지게 하자고만 했다. 2011년 전북본부는 최우수 본부로 평가받아 직원들이 받은 상여금이 상당했다.

이는 엘렌 식수가 말한 망자, 꿈, 뿌리에 호응할 만한 생각들이 잘 버무려지며 얻은 덤이었고, 생각을 바꾸어 전북본부를 즐겁고 멋진 본부로 만든 것에 대한 상찬이었다.

탁월함에 이르는 길

　

사람은 얼굴의 생김새가 서로 다르듯 재능과 성격도 각양각색이다. 재능이 많은 사람이 있는가 하면 적은 사람이 있다. 어떤 사람은 새로운 환경에 즉시 적응하고, 어떤 사람은 느리게 적응한다. 일에 쉬이 싫증을 내는 사람이 있는가 하면, 재미가 적은 일도 묵묵히 해내는 사람이 있다.

나는 재능이 부족하고 새로운 환경에 적응은 더디지만, 어떤 일을 지긋이 하는 축에 속한다. 직장 생활도 그랬다. 한 직장에서 줄곧 32년을 다녔다. 심리학자 에이브러햄 매슬로우(1908~1970, 미국)의 인간 욕구 5 단계론을 들지 않더라도 직장인은 승진하려는 욕망이 있다. 승진은 주요 관심사지만 경쟁이 심해 무척 어렵다.

부장 승진에서는 동기들보다 2년 뒤처졌다. 2001년에는 승진을 믿었고, 주위에서도 잘될 것으로 예견했으나 실패했다. 그때 회사를 계속 다닐 것인지 진지하게 고민했었다. 관악산에 올라 마음을 삭이고 실패 요인을 되뇌고, 일어섰다.

승진에 실패한 것은 운도 작용했겠지만, 대부분은 나에게서 비롯된 일이었음을 깨달았다. 그 뒤 상위 직급에서는 최단기간에 승진을 거듭했고, 팀장과 지사장, 본부장을 맡으며 경영평가에서 최상위등급도 받았다.

탁월함에 대하여 아리스토텔레스(기원전 384~322)만큼 천착한 사람은 없다. 그는 "탁월함을 좋음의 기능이나 본성을 지속해서 잘 실현할 수 있는 품성의 상태"라고 봤다. 반복적인 노력을 통해 좋은 습관을 형성함으로써 만들어지는 것이 인격이고 탁월함이다. 재능이 많고 적응이 빠른 사람은 일찍 두각을 나타낼 것이고, 그렇지 못한 사람은 서서히 드러날 수 있다.

탁월한 성과를 내는 데 작동하는 요인을 다음 세 가지로 본다. 첫째, 태도다. 주어진 상황을 어떻게 인식하느냐의 문제다. 컵에 절반의 물이 있을 때 이를 어떻게 보느냐이다. 긍정적 태도와 성장형 사고가 개인과 조직의 성패를 가르는 주요 인자다.

둘째, 관계다. 조직 구성원은 물론 관련된 사람들과의 관계가 중요하다. 리더는 다른 사람들의 힘을 빌려 쓰는 일을 한다. 그들과 어떤 관계를 맺느냐가 성과에 직·간접으로 영향을 끼친다.

셋째, 끈기다. 일하다 보면 어려움과 문제는 늘 있기 마련이다. 칠전팔기의 회복력을 요구한다. 이는 열정과 집념을 가진 끈기에서 나온다.

이를 도식하면 탁월함＝태도×관계×끈기라고 할 수 있겠다. 이 세 가지 심리적 자산은 상호 작용한다. 태도는 목표 달성을 위한 방향을 굳건히 잡아준다. 관계는 사안을 보는 시야와 기회를 넓혀준다. 끈기는 어떤 일을 끝까지 해내는 에너지원이다. 한마디로 탁월함의 실체는 사고를 한 방향으로 모아(태도), 모든 것을 소재로 활용하며(관계), 지칠 줄 모르고 자신의 방식(끈기)으로 결합하는 것이다.

늦발에 기타와 서예를 배우고 있다. 기타는 손이 굳고 굵어 코드를 잡고 변주하는 일이 여간 힘든 게 아니다. 매일 연습에 연습을 거듭한다. 연습에 품이 드는 것은 붓글씨도 마찬가지다. 기타와 붓글씨 실력이 매일 1%씩 나아지면 1년 후에는 지금보다 37배로 성장할 것이다.

개인의 삶이든 조직을 운영하든 태도와 관계, 끈기라는 요소를 자기만의 방식으로 결합하는 것이 탁월함에 이르는 하나의 길이 되지 않을까 싶다. 그렇게 생각하고 그렇게 살아왔다.

삶의 마디와 매듭

●

삶에는 여러 단계의 마디와 매듭이 있다. 학업에는 학제에 따른 마디가 있고, 회사에선 이직과 전직, 정년 따위의 매듭이 있다. 마디와 매듭은 매번 맞닥뜨린 다른 상황과 도전의 흔적이다.

낯선 상황에 적응하고 새로운 도전을 헤쳐 나가는 데는 품이 많이 든다. 마디나 매듭의 끝, 출구는 또 다른 것의 입구에 들어서는 일이기 때문이다.

정년을 맞으며 겪는 매듭은 누구든 남다르게 다가온다. 직장 밖으로 나서는 순간 명함과 일, 수입은 대부분 사라진다. 준비된 정년은 축복일 수 있지만, 준비되지 않는 정년은 재앙이 될 수 있다.

정년을 맞으면 어떤 문제들에 직면하게 될까. 첫째, 돈 문제다. 돈은 먹고사는 데 필요한 원초적 요소다. 생활비, 자녀 학비, 결혼 자금, 부모 부양비 등 돈 쓸 일은 많다. 직장 생활하며 연금, 저축, 임대소득, 주식 등 재정적 쿠션을 마련했다면 다행이지만 그렇지 못했다면 삶은 힘겨워진다. 맹자(기원전 372~289)는 일찍이 '무항산

무항심(無恒産 無恒心)'이라고 했다. 재산이 없으면 한결같은 마음을 갖기 어렵다.

둘째, 일 찾기다. 공무원과 교사, 군인, 대기업 등에서 일한 퇴직자들이 부러운 사회다. 연금이나 퇴직금으로 살아갈 수 있기 때문이다. 여행을 다니며 맛집 순례가 이어지고, 지역사회의 각종 프로그램에 참여하면서 비교적 자유로운 삶을 살 수 있다. 하지만 그렇지 못한 사람들이 훨씬 더 많다. 직장 경력과 관련 분야에서 일거리를 얻기도 하지만 대부분은 단순노동이나 자영업이 대세다. 진입이 쉬운 직업은 경기 변동에 민감하고 경쟁이 극심해 낭패를 보는 사례가 허다하다. 직장에 있을 때나 평소에 플랜B와 Z를 준비하는 태도가 필요한 이유다.

셋째, 건강과 심리적 위축이다. 나이가 들면서 가장 먼저 반응을 보이는 것은 몸이다. 눈은 침침해지고 기억력과 청력, 근육량은 감퇴한다. 육십 줄에 들어서면 한쪽 발은 병원에 가 있다는 말이 있다. 맷집은 줄고 의지마저 약해져 급격히 심신이 위축된다. 꾸준히 운동하며 자족하는 삶을 실천하는 길밖에 없다.

그렇다면 정년이라는 인생의 매듭을 지혜롭게 건너는 출구전략에는 무엇이 있을까. 각자가 처한 여건이 달라 돈 문제나 일 찾기는 제쳐두고, 삶의 태도와 자기관리 측면에서 다음의 것들을 생각해 볼 수 있다.

첫째, 주도적으로 살기다. 자기 성찰을 통해 '자기'와 '자리'를 분리하는 일이 먼저다. 직장에 있는 동안은 회사인으로 처우를 받지만, 퇴직하면 개인으로 살아야 한다. 포지션 파워에서 퍼스널 파워로 사는 삶이다. 있는 그대로 나를 받아들이고, 내가 가진 것으로 나의 삶을 개척해야 한다. 자신을 믿고 자신만의 방식과 색깔, 문법으로 살아야 한다.

둘째, 엄격하기다. 앞서 살아온 선배로서 가본 길에 대해서는 입을 다물 줄 알아야 한다. 굳이 말해야 한다면 은근슬쩍 방향만 제시해 결정은 상대가 하고, 상대방의 말을 끝까지 듣는 게 남는 것이다. 앞서 주도하기보다는 뒤에서 조용히 돕는 '뒷것'이 되는 일이다.

셋째, 민감하기다. 지금까지 해온 일이나 방식이 미래에도 적용되리라는 보장이 없다. 가속의 시대에는 인간의 적응력이 변화의 속도를 따라갈 수 없을 정도로 세상의 작동 원리와 일하던 방식이 빠르게 바뀐다. 나이가 들어도 끊임없이 질문하고 학습해야 한다.

넷째, 친구 가꾸기다. 친구만큼 소중한 것은 없다. 내가 힘들 때, 외로울 때 같이 있어 줄 친구는 대체 불가능한 자산이다. 독일 시인 프리드리히 실러(1759~1805)는 "친구는 기쁨을 두 배로 해주고 슬픔은 반으로 해준다."라고 했다. 멀리 가려면 함께 가라는 말은 그냥 있는 게 아니다. 내가 좋은 사람이 되면 친구는 있게 마련이다. 명함 없이도 친구를 사귀고 가꾸려는 자세를 가져야 한다.

다섯째, 의미와 재미 찾기다. 시간을 일, 주, 월, 년 등으로 구분하여 사용하는 것처럼 삶도 마디를 내어 사는 지혜가 필요하다. 새해 첫날이나 소풍 가는 날은 특별한 날로 여겨 농밀하게 사용한다. 삶의 태도와 시간을 어떻게 사용할 것인지에 대한 답이 여기에 있다. 나이가 들면서 시간이 빨리 간다고 느끼는데, 이는 재미있는 일이 적기 때문이다. 자기만의 방식으로 삶의 의미와 재미를 찾을 일이다.

나는 퇴직을 앞두고 고향에 놀이 공간을 마련하고 있다. 귀농 귀촌 교육을 통해 농촌 생활에서 성공과 실패 사례를 살피고, 농장을 방문하여 귀농 귀촌인들의 모습을 눈여겨보고 있다. 자연 생태와 숲의 가치를 알고자 숲해설 전문자격도 취득했다.

이러한 준비는 정년 뒤 급격한 변화와 맞닥뜨려 연착륙할 수 있는 것들이다. 정년은 삶에서 굵은 마디의 끝 지점이자 새로운 매듭의 시작점이다. 준비한 만큼 또 다른 입구가 펼쳐진다.

살고 싶은 곳에서 하고 싶은 일을, 하고 싶은 시간에 하는 삶은 복되다. 자기 삶에서 어느 마디나 매듭에 해당하든 의미와 재미를 찾는 삶 말이다.

김밥의 묘미

●

새벽 5시, 아내는 아침밥을 준비한다. 회사 생활을 할 때도 아침을 거르지 않고 차려준 터라, 퇴직 후까지 고생시키는 것 같아 마음이 편치 않다. 아침 생각이 없으니 그냥 가겠다고 말해 보지만 소용이 없다.

밥은 고속도로 휴게소나 쉼터에서 먹는다. 밥에서 온기가 흐르고, 국에서 김이 모락모락 피어난다. 찬합에는 여러 반찬이 채워져 여간 손이 많이 간 게 아님을 알게 되니 미안함이 커진다. 그래서 타협해 낸 것이 김밥이다. 아내는 이렇게라도 해야 마음이 편하다니 어찌해 볼 재간이 없다.

김밥은 김을 펼쳐 밥을 얹은 다음 재료를 넣고 동그랗게 만다. 김밥 안에 들어가는 재료는 취향에 따라 넣고 뺄 수 있는 유연성이 있다. 서로 다른 재료를 섞어 미묘한 맛을 내는 융합성도 있다. 이런 김밥의 특성은 우리가 살고 있는 융복합 시대와도 닮았다.

식탁에 앉아 먹을 수 없는 상황에서 김밥의 위력은 더한다. 어느 곳에서든 먹을 수 있는 편의성 때문이다. 걸으면서 먹을 수 있고 차 안에서도 먹을 수 있다. 이런 김밥이 가지는 묘미와 특성을 출근길에 누린다.

출근길은 집에서 나주까지 150km다. 김밥이 김과 밥, 재료로 구성되듯이, 출근길은 세 구간으로 나뉜다. 첫 구간은 새벽 공기를 가르며 클래식 음악을 듣는다. 차갑고 선명한 별빛을 뒤로 하고 헤드라이트는 국도를 밝힌다. 삼례나들목에서 고속도로를 달려 태인 방면에 이르면 왼편에 '도드람 한돈' 광고판이 커다랗게 보인다. 기어를 변경하듯 할 일을 바꾸라는 신호다.

그 지점을 지나면 둘째 구간이다. 차는 탄력을 받아 자연스럽게 어둠을 가르고, 몸도 마음도 탄력을 받아 상쾌하다. 차와 몸이 하나가 되는 일체감을 느끼는 구간이다. 귀만 호강해서일까. 뭔가를 밖으로 내고 싶어 입이 근질근질해진다.

이때를 대비해 당송 시인들의 시, 백여 수를 목록으로 만들었다. 생각나는 대로 공부 중인 한시를 읊조린다. 시의 리듬과 감정, 의미를 나름대로 해석하며 목청을 돋워본다. 자동차 속도에 따라 시가 흐른다.

장성나들목에서 국도로 들어서면 100km를 운전한 셈이다. 여기서부터 배고픔이 슬슬 찾아온다. 2차선을 타며 눈으로 보지 않아도 김밥의 위치를 안다. 손으로 한 덩이를 입에 넣으면 침샘은 작동하고, 어느 부위나 재료가 씹히는지 짐작해 보는 일은 즐겁다.

빨리 먹어야 할 이유가 없다. 시를 암송하듯 곱씹으며 먹는다. 시금치, 당근, 단무지, 게맛살 등의 맛을 구별해 낼 수 있다. 오래 씹을수록 단맛이 더한다. 행복한 기운이 온몸에 퍼진다.

문득 당나라 이신(772~846)의 시 〈민농〉에 "립립개신고(粒粒皆辛苦)"라는 구절이 떠오른다. 쌀밥 한 톨 한 톨이 농민의 맵고 쓰린 수고의 산물이라는 뜻이다. 농부가 한여름 뙤약볕에서 김맬 때 땀방울이 벼 이삭을 타고 툭툭 떨어지는 소리가 들리는 듯하다. 김밥은 감사의 다른 표현이다. 그 맛에서 밥벌이의 고단함과 새벽 단잠을 깬 아내의 애틋함이 묻어난다.

김밥을 곱씹다 보면 저 멀리 무등산에서 아침 해가 붉은빛을 대동하고 솟는다. 햇살은 아늑하고 따사한 하루를 개장하듯 나주평야의 안개가 서서히 걷히며 세상이 열린다. 하루를 여는 일에 동참했다는 느낌이 함께 온다.

나는 힘든 일을 하나의 놀이로, 재미로 바꾼다. 행복은 좇는다고 잡을 수 있는 게 아니고, 행복의 조건이 충족되면 찾아오는 것이라고 여기기 때문이다.

퇴직 후 중소기업에서 자문 활동을 하고 있다. 태양광과 풍력, 연료전지 등 발전설비에 필요한 '인버터'를 생산하는 기업의 요청이 있어서이지만, 그 일도 행복과 닿아 있다. 인버터는 교류를 직류로 또는 직류를 교류로 변환하는 장치다. 연 매출 800억에 100여 명이 근무하는 건실한 회사다. 우리나라 전력 설비의 증가 전망과 경영환경 변화에 잘 적응한다면 지속적인 성장이 예상된다.

출근길은 음악과 시와 김밥이 어우러져 즐거움이 된다. 김밥을 세 요소로 구분하는 것처럼 삶도 3모작으로 나눌 수 있겠다. 30년 배워 30년 일했으니, 나머지 30년은 하고 싶은 일을 하며 산다. 인생 3모작은 김밥이 갖은 맛을 내듯 내 경험과 통찰을 필요한 곳에서 맛깔나게 쓰는 일이다. 김밥은 나를 있게 하는 힘이고 나를 규정한다. 김밥에는 이런 묘한 구석이 있다.

삶의 태도에 대하여

●

대학에서 강의할 때다. 리더십론과 행정철학 과목은 행정학과 학생이 절반이고, 정치학, 경제학, 경영학, 철학 등 다양한 전공의 학생이 수강했다. 학기 첫 시간은 강의계획서를 설명하고 자기소개 시간을 가졌다.

자기소개에서는 과목을 선택한 이유와 함께 삶의 태도를 곁들이도록 유도했다. 주저하는 학생도 있지만, 대개는 앞선 학생이 자기소개를 하고 있는 사이에 말할 내용을 가늠하며 대비해 소개하는 것 같았다. 학생들의 이야기는 다양했고, 강의 방향을 잡는 데 유익했다.

수업 시간마다 끝나기 15분 전에는 강의 내용을 정리해 보도록 하고, 의견이나 질문할 사항이 있으면 글로 써 제출하도록 했다. 학생들의 의견이나 질문 사항은 다음 수업 시간에 소개하고 답하는 방식을 고수했다. 아울러 수업에 적극적으로 참여한 학생은 가점이 있음을 밝히고, 이를 평가에 반영했다.

삶의 태도는 세상과 삶을 어떻게 보느냐에 관한 문제다. 자기 삶의 태도를 다른 사람 앞에서 말해 보는 일은 의미 있는 일이다. 학생들 중에는 자기소개를 하면서 삶의 태도를 확인하고 다짐하는 계기가 됐다고 말하기도 했다.

이렇게 하는 데는 기업에서 인력채용부장을 하며 느꼈던 바가 컸다. 사람의 능력은 개발할 수 있지만 태도는 좀처럼 변하지 않는다는 사실을 발견했다. 그래서 지원자의 태도에 가중치를 두고 채용했었다.

학생들에 이어 나는 세 가지를 잘 버무려 사는 태도를 소개했다. 모든 것은 세상과 삶에 대한 태도와 관련이 있고, 굳이 라틴어를 인용하는 것은 말하고자 하는 내용을 잘 축약한 개념이기 때문이라고 양해를 구했다.

첫째, 아모르 파티(amor fati, A), 운명애다. 세상과 삶에 대한 태도다. 자신에게 일어나는 모든 것을 수용만 하지 말고 사랑하라는 뜻이다. 영국 시인 윌리엄 어니스트 헨리(1849~1903)는 〈인빅터스〉라는 시에서 "나는 내 운명의 주인이고, 나는 내 영혼의 선장이다."라고 읊었다. 한 번 사는 삶인데 즐겁고 멋지게 살아야 하지 않겠는가. 기본이 되는 삶의 태도다.

둘째, 카르페 디엠(carpe diem, B), 현재에 대한 태도다. 지금, 이 순간을 충실히 하라는 뜻이다. 정현종(1939~) 시인은 "모든 순간이 꽃봉오리다."라는 시를 썼다. 과거와 미래는 내가 어쩌지 못하지만, 현재는 전적으로 내 하기 나름이다. 세상에서 가장 비싼 재화는 시간이고, 대체 불가능하기에 소중하다. 순간마다 다 꽃봉오리다.

셋째, 메멘토 모리(memento mori, C), 죽음에 대한 태도다. 죽음을 기억하라는 뜻이다. 사람은 누구나 시한부 인생을 살도록 프로그램이 되어 있다. 나태주(1945~) 시인은 심한 병을 앓고 난 뒤 오늘이 나의 생 마지막 날이다, 더는 없다, 그러면서 산다고 했다. 사람은 죽기에 삶이 아름답고 의미 있고 숭고하다. 자기가 좋아하는 일을 하기에도 부족한 삶이다.

한마디로 아모르 파티를 기본에 두고 메멘토 모리를 상기하며 카르페 디엠으로 사는 삶이다. 자기 운명을 사랑하니 어떤 일도 즐길 수 있다. 현재에 집중하니 삶이 농밀하다. 죽음을 의식하면 겸손하게 살 수 있지 않나 싶다. 이를 도식하면 삶의 태도 = A×B×C다. 과거와 현재, 미래를 관통하여 시스템적 관점에서 사는 태도라 할 수 있다.

삶의 태도에 정답이 어디 있겠는가. 사람은 누구나 자기만의 생각과 태도로 산다. 앞서 이야기한 자세와 각오로 살 수도 있다는 예를 이야기하는 것이다. 우리는 모두 자기 삶을 경영하는 1인 기업가다. 학생들이 앞으로 기업가적으로 생각하고 살려 할 때 이런 태도는 의미가 있지 않나 싶다.

나는 삶의 태도로서 이보다 나은 해법을 찾지 못했다. 하고 있는 일이나 하려는 일을 자기 언어로 정리해 보고, 질문이 있을 때 그 즉시 해보는 일은 이런 삶의 태도와 맥락을 같이 한다. 다시 학생들 앞에 서더라도 같은 방식을 견지할 것이고, 같은 말을 할 것이다.

자기다움의 억양들

●

여행은 하던 일을 잠시 멈추고 자기를 찾아 나서는 여정이다. 공주 테마여행이 그랬다. 프로그램이 진행되면서 내용은 알차게 공간과 어우러졌고, 재미는 더 했다. 자기답게 산다는 것이 무엇인지를 발견하는 기회였다.

마곡사(麻谷寺)는 1,500년 전 백제 시대에 창건한 절이다. 계곡물이 앞내를 이루는 태화산 자락에 단연 돋보이는 것은 오층석탑이다. 라마교 형식을 띤 첨탑은 세계에서 세 곳밖에 없다, 라고 문화해설사는 자랑스럽게 설명했다.

숲해설사는 나무와 꽃의 식생과 천이를 관람객의 눈높이에 맞게 해설했다. 찔레와 이팝나무, 때죽나무의 꽃이 흰색인 것은 에너지를 적게 할당하고 향기로 승부를 걸겠다는 나무 나름의 전략임을 알게 되었다. 잘 보존된 소나무는 치유의 숲답게 녹시율이 좋은 초록빛을 띠었다.

은적암에서 백련암에 이르자 마애석불이 맞이한다. 한가지 소원은 들어준다는 설화가 깃든 곳이다. 사진을 찍고 구경하는데 정성껏 절을 하며 소원을 비는 학우가 있다. 종교는 다르지만, 이번 여행의 무탈과 학과의 발전을 위해 빌었다고 한다. 개인의 소원을 넘어 이타적인 모습을 보았다.

저녁에는 각자가 어떤 삶을 살아왔고 어떻게 살아갈 것인지를 가늠해 보는 자리였다. 학교에서 개설한 5개 과정을 마치고 웰니스관광학과로 입학한 학우, 학과가 좋아서 5년째 다닌다는 학우, 농촌활동가로 자질을 갖추고 싶어 등록했다는 학우 등 하나같이 자기다움을 찾아가는 과정이었다.

다음날은 공주 원도심을 관람했다. 공주사대부설고는 봉황산 자락의 옛 충청감영 터에 자리를 잡고 있다. 근처 '예술가의 정원' 카페는 1936년에 지은 집이다. 상량에는 동 봉화대, 서 봉황, 남 금학 언덕, 북 금강이라는 글씨가 쓰여있다.

금학 언덕은 동학농민혁명 당시 동학군 10만 명이 전사한 우금치 격전지로 죽은 이들의 원혼을 달래려는 염원이 담겨있다. 동학군이 금학 언덕을 넘었다면 '다시 개벽'의 세상이 왔을까 상상해 본다.

근처에는 유관순(1902~1920) 열사가 다녔다는 공주제일교회, 갑부 김갑순의 집터, 잠자리가 놀다간 골목, 시인이 사랑한 골목길 등이 오밀조밀 붙어있다. 여행의 압권은 풀꽃문학관에서 풀을 뽑던 시인이 예정에 없던 문학 강연을 한 일이었다.

"내 인생은 내 인생일 뿐이다. 나답게 산다는 것은 내가 하고 싶은 일을 하는 것, 다른 사람에게 피해를 주지 않는 것 그리고 다른 사람에게 도움을 주는 일을 하는 것이다. 자기만의 언어를 가지고 대체 불가능한 사람이 되라."라는 시인의 말은 큰 울림을 주었다. 시인과 〈풀꽃〉시, 시비 밑에서 자라는 풀꽃의 어우러짐은 자기다움이 어떠해야 하는지를 잘 보여줬다. 나태주답게 사는 모습이었다.

이번 여행은 그냥 된 게 아니었다. 임원진이 사전 답사는 물론 촘촘히 시나리오를 세우고 진행하는 모습이 인상적이었다. 충청지역 학우들과 협업이 돋보였고 학우들의 자발적 참여가 있었다. 행사를 빛내고자 장미와 작약을 바리바리 싸 오는가 하면 떡과 과자를 만들어 오는 등 여러 마음이 모아졌다.

여행은 낯설게 하기다. 여행지에서는 사물이 새롭게 다가온다. 절, 계곡, 학교, 교회, 골목길, 집터, 나무들은 모두 자기만의 색과 이미지, 형질이 있다. 그 차이와 억양이 자기다움을 만든다. 자세히 보니 우리 각자도 자기다움이 있다는 깨달음이 왔다.

한시의 멋과 기행

●

〈불역시호(不亦詩乎)〉는 제명(題名)에서 보듯 멋과 치기가 교차하는 지점에 있다. 술 한잔 걸치고 한시를 떡하니, 한 수 읊조림은 세상사 비켜나 없는 폼도 잡아볼 일이다. 배움은 방송통신대학교 김성곤 교수님이 한시의 멋스러움을 대중 속으로 확장하기 위한 일환으로 시작되었다.

매월 한 번씩 한시를 배우고, 저녁 자리에서 흥에 겨운 학우가 목소리를 한껏 가다듬고 한 수 읊조리면, 다른 학우가 뒤를 이었다. 수업에는 제주, 울산 등 전국에서 한시를 즐기는 학우가 참여했다.

그러다 항주와 소흥에서 현장 학습이 있었다. 복상가복(福上加福)이라 했던가? 복에 복이 겹친 한시 기행의 멋을 그냥 둘 수 없다는 준비팀장의 강권에 글을 쓰게 되었다. 가는 곳마다 36명이 사진과 동영상을 찍어 단톡방에 올린다. 많은 시를 배우고 더 많은 곳을 보고, 이를 글로 쓴다는 것은 무모한 일인지 모른다.

일천한 필력을 핑계 삼아 범위를 한정하고, 다음 기준으로 쓴다. 첫째, 항주와 소흥은 월나라 땅이다. 구천과 범여와 서시를 다룬다. 둘째, 루쉰의 고뇌와 육유의 사랑을 느낀다. 셋째, 왕희지의 난정서와 호를 받다. 넷째, 낙수 거리 몇 개를 새기는 것으로 글의 뼈대를 잡았다.

#1. 칼을 쥐고 꽃을 품다

중국 작가 셰스쥔(謝世俊)의 《상성(商聖)》(2003) 제1권 제목이다. 범여(范蠡)는 2,500년 전 당대 최고의 스승 귀곡자(鬼谷子)에게 수학한 뒤 월왕(越王) 구천(句踐)의 책사가 된다. 서시(西施)를 통한 미인계와 계연(計然)의 부국강병책을 써서 오나라를 멸하고, 월나라를 패국의 위치에 올려놓은 인물이다.

주찌에서 서시를 본다. 이름이 이광(李廣)이고 가는 길이 평평하다는 뜻이다. 서시고리에 가면 물고기가 먼저 맞이한다. 들어가는 길 우편 연못에 물고기가 입을 쩍 벌리고 넋을 잃은 눈이다. '침어(沈漁)' 고사 현장이자 서시의 별칭이다. 서시전에서 본 서시는 단아한 얼굴에 빼어난 미색으로 '하화신녀'에 손색이 없다. 서시의 체취를 더 느껴 보려면 빨래터로 가서 왕희지가 썼다는 '완사(浣紗)'라는 글씨를 봐야 한다.

회계산(會稽山)은 하나라 우왕이 여러 왕을 모아 놓고 공적을 헤아린 데서 '회계'라고 불리게 되었다. 월나라 구천이 오나라 부차(夫差)에 패하여 강화를 맺은 곳이다. 구천 부부는 잡혀가 부차의 노비가 된다.

훗날을 기약하기 위해 치욕을 참고 와신상담하는 인욕부중의 대표적 사례다. 2년 뒤 구천은 월나라로 돌아오고, 대신 범여와 서시 등 미녀 6명이 오나라에 인질로 잡혀간다. 부차는 서시의 경국지색에 혼미해져 정사를 멀리한다.

오나라가 망한 데는 여러 원인이 있다. 같은 초나라 사람으로 월나라에 발탁된 범여와 문종(文種)은 서로 협력하여 대업을 이루지만, 오나라의 오자서(伍子胥)와 백비(伯嚭)는 사사건건 다투다 부차를 곤경에 빠뜨리곤 한다. 결국 월나라가 오나라를 쳐 '회계의 치욕'을 설욕한 것은 BC 473년, 20년 만의 일이다.

범여는 서시와 함께 월나라를 떠난다. 구천은 어려운 일은 함께할 수 있지만, 좋은 일은 같이할 그릇이 못 됨을 간파했기 때문이다. 제나라 금구 땅에서 상업과 교역을 통해 수만금을 모은다. 제나라 평공이 출사를 권유하자 이를 사양한 뒤 재산을 주변 사람들에게 나눠주고 금구 땅을 떠난다.

산동성 정도현에서 다시 상업을 크게 일으켜 천하의 부를 쥔 '도주공'으로 이름을 날린다. 범여는 명예와 부, 미인을 거머쥔 인물로 중국인들이 가장 '이상적인 인간상'으로 추앙하고 있다.

#2. 루쉰의 외침과 육유의 사랑을 느낀다

루쉰(1881~1936)은 문학으로 국민을 각성시켜 중국을 근대화시키는 데 일생을 바쳤다. 소설집 《납함(吶喊)》(1923)에 수록된 〈자서〉에서 "나는 현재 절박한 상황에서 아무 말도 못 하는 사람은 아니다. 어쩌면 그때 나 자신이 가졌던 적막한 비애를 잊을 수가 없어 몇 마디 고함을 지르지 않을 수 없는 것인지도 모른다. 그것은 적막 속에서 치닫는 용사들에게 위로가 되고 그들이 앞장서서 달려가는 데 거리낌이 없게 하고자 하는 것이기도 하다."라고 하였다. 루쉰의 외침은 중국이 근대화로 가는 길에 커다란 영향과 족적을 남겼다.

단편소설 〈공을기〉에서는 몰락한 지식인의 허상과 비애를 보여준다. 노진의 함형주점에 들러 공을기가 되어 '술 두 잔, 회향두 한 접시'를 주문한다. 살짝 데쳐진 소홍주는 한약 같고 한산 소곡주 맛이다. 두어 잔이면 요기도 될 법하다. 가는 곳마다 조각상이 한 잔씩 권하니 얼큰하게 취해본다.

이제 술도 됐겠다, 심씨 가문 정원인 심원으로 갈 차례다. 육유와 당완의 애절한 사랑을 노래한 시비, '채두봉'을 보기 위해서다. 육유는 사랑하는 여인 당완을 만나 20세에 결혼했으나 과거에 실패한다.

당완도 아이를 갖지 못하는 처지에 시를 짓는다며 밖으로 나다니자, 시모의 미움을 사 이혼하게 된다. 육유는 다른 남자의 처가 된

당완을 생각하며 애끓는 심정을 시로 쓰니 당완이 화답한다. 소교가 음송하길

"젊고 고운 손, 함께 마시는 황주
온 성에는 봄이 와 버들가지 우거졌네.
모진 봄바람에 사랑의 즐거움 사라지고
하염없는 그리움, 몇 년을 헤어졌던가.
잘못이야, 잘못이야, 잘못이야!"

벽소가 당완이 되어 화답한다.
"우린 서로 남남이 되고
이젠 옛날의 우리가 아닌데
병든 혼만 그네처럼 위태롭게 흔들린다.
누군가 어쩐 일이냐 물을까 봐
눈물 삼키며 애써 웃는다네.
속이고 속이고 속이며!"

두 학우가 육유와 당완이 되어 채두봉을 음송한다. 음송은 한 글자를 길게 리듬과 억양을 달리해 노래할 수 있다. 한껏 분위기를 살려 애절한 사랑의 노래를 읊조리니, 그 울림은 크고도 깊다.

#3. 왕희지의 난정서와 호(號)를 받다

《난정서》는 동진의 서성 왕희지(303~361)가 쓴 천하제일의 행서첩이다. 때는 353년 3월 3일 소흥의 난정에서 명사 40여 명과 어울려 시를 지었는데, 난정서는 그 시집에 붙인 서문이다.

소흥의 유력인사들이 굽이져 흐르는 물에 술잔을 띄우고 시를 짓는다. 술잔이 자기 앞에 오면 자작시 한 수를 지어야 하고 짓지 못하면 벌주가 석 잔이다. 왕희지도 거나하게 마시고 서문을 썼는데 갈지(之)자가 20여 개다. 어느 것 하나 같은 게 없어 술이 깨 다시 쓰니 그리 쓸 수 없음을 깨닫고 신이 도운 것으로 생각했다고 한다.

그런 유상곡수의 시흥을 그냥 지나칠 수 없다는 듯, 가산이 왕창령을 부르고 운월이 두목되어 서리맞은 단풍은 봄꽃보다 붉단다. 벽소는 맹호연 연(然)하니, 행우는 명월을 벗이라 읊조린다.

본래 호는 자신이 태어난 고향의 지명이나 산 이름 또는 스승이 그 사람의 특징적인 기질을 잡아내 짓는다. 불역시호의 버스는 이동 강의장이자 호의 산실이다. 자기가 좋아하는 시를 읊고 질문이 이어지면, 교수님이 준비한 왕희지 필체의 호가 탄생하는 순간이다.

笑鄕 月湖 雲月 歌山 春波 風蓮 逸波 古桂 月荷 思冰 閑雲 嵐岫… 끝이 없다.

#4. 낙수 거리 몇 개를 새긴다

한시에 입문하려면 의당 〈장진주(將進酒)〉에서 시작한다. 좋은 벗 만나니 300잔은 해야 하지 않겠냐고 부추긴다. 이백의 〈장진주〉 없이 식사하는 법이 없다. 동학들이여, 구름에 오를 때는 이백이 되어도 내려올 때는 두보가 되어야 뒤탈이 없을 터이다. 〈장진주〉를 빌린 소회는 이렇다.

君不見, 서호가 소양호 되어 한중 가요대전이 벌어진 것을

君不見, 물 다스리면 왕이 되고 사람도 잘 이끈다는 것을

君不見, 황푸강 강가에서 중국 궐기의 스카이라인을

글을 맺으며 제2, 제3의 한시 기행을 위해 앞서 달려가는 말에 응원의 함성을 보낸다. 납함, 불역시호는 복되다.

실크로드 따라 시 따라

●

어릴 적 TV 다큐멘터리를 보며, 언젠가는 실크로드에 가봐야지 하고 마음에 벼르던 적이 있었다. 2000년 전 한의 무제(유철劉徹. 전한의 제7대 황제. 재위 : 기원전 141~87) 때 장건(?~기원전 114)이 개척했다는 실크로드는 문명 교류와 세계사 전개의 중추적 역할을 했다.

알렉산더(기원전 356~323)는 동방 원정을 단행하며 '실크로드'라는 이름을 얻기 전의 서안에서 로마까지의 12,000km 길 위 어디쯤을 지났을지도 모르지만, 칭기즈칸(1162~1227)이 건국한 대제국은 이 길을 통해 완성되었다.

이번 여정은 실크로드의 일부인 서안에서 돈황까지 가는 오아시스로다. 공항에 도착하자마자 양귀비(당 현종玄宗의 비妃, 719~756, 이름은 옥환玉環)의 묘로 직행했다. 무덤의 흙을 바르면 얼굴이 예뻐진다는 속설로 마구 퍼가 지금은 벽돌로 덮였다. 안사의 난 때 당 현종이 양귀비를 자결하도록 한 마외다. 절세미인을 두고 뭇 시인들은 소회의 일단을 감추지 못한다.

두목(803~852)은 〈과화청궁절구〉에서 사치의 극치를 꼬집었다.

"장안에서 돌아보니 비단으로 수놓은 것 같고 화청궁 수많은 문이 차례로 열린다. 한 필 말이 홍진을 뚫고 달려오니 황제 첩이 웃고 여지(荔枝)가 오고 있다는 것을 아는 이가 없다."

백거이(772~846)는 양귀비를 잊지 못하는 현종의 애절한 사랑을 "하늘에서는 비익조가 되고 땅에서는 연리지가 되자."라고 〈장한가〉에서 읊었다.

오장원은 제갈량이 북벌을 감행하다 죽은 곳이다. 장기전을 펼치며 위나라 사마의는 촉 진영을 염탐한다. 제갈량이 식사는 잘하는가? "적은 양만 합니다." 일은 어떻게 하는가? "곤장 20대 이상의 형은 직접 처리합니다."

사마의는 적게 먹고 일은 많이 한다는 식소사번의 소식을 접하자, 제갈량이 곧 죽게 될 것임을 간파한다.

적벽대전을 승리로 이끌고 천하 삼분지계의 방책을 세웠던 제갈량도 말년에 온갖 일에 파묻히는 실책을 범한다. 리더가 부하의 성숙도에 따라 권한을 위임하고 육성하는 일이 얼마나 중요한가를 보여준다. 적게 먹되 일도 줄일 일이다.

강태공이 제나라에 발탁된 장소, 조어대에 이르니 낚시를 드리운 조각상이 맞는다. 강태공은 발탁된 뒤 번잡한 제도를 혁파하여 간소화한다. 제도는 평이하고 간소해야 백성이 잘 따른다는 국정

철학을 몸소 실천했다. 예나 지금이나 단순 명쾌한 것이 가치가 있음을 입증한다. 강태공이 세월을 낚으며 얻은 지혜다.

은하수가 떨어져 만들어졌다는 천수는 중국 시조 복희씨의 사당이 있다. 맥적산 석굴은 입구에서 관리인이 관람객들의 얼굴을 사진 찍느라 시간을 허비해 석굴 하나하나를 속속들이 볼 수 없었다. 아쉬움을 뒤로 하고 란주행 기차를 탔다.

란주는 황하가 도시 한가운데로 흐르는 변새시(邊塞詩)의 발상지다. 당나귀를 타고 전동카도 타고 황하석림을 관람했다. 굽이굽이 펼쳐진 장관을 보며 정상에서 석모용의 〈출새곡〉을 불렀다. "이 노래를 좋아하지 않는다면 그것은 간절한 바람이 없기 때문이다."라는 가사에 더욱 목소리를 높여본다.

다음 여정은 마르코 폴로가 매료돼 머물렀다는 장액이다. 차에서 내리자, 곽거병의 행적이 서려 있는 주천공원을 찾았다. 곽거병은 사생아 출신의 장군으로 흉노를 물리친 영웅이다. 그는 승리의 공을 부하들에게 돌리고 임금으로부터 받은 어주를 부하들과 함께 마시려고 주천에 부었다는 고사 현장이다. 리더가 구성원의 마음을 얻으려면 솔선수범하고 공감력이 있어야 함을 보여준다.

공원 옆 상점에서는 옥으로 만든 술잔이 인기다. 은은한 빛이 어른거리는 술잔은 술맛을 더한다는 속설로 여기저기서 사들인다. 당장 만찬부터 술맛을 돋우려는 심사다. 술 이야기만 나오면 동학들은 눈빛이 달라지고 이백을 자기화한다.

"황하를 건너려니 얼음이 길을 막고 태항산에 오르려니 온 산에 눈이 가득. 가는 길이 어렵구나! 가는 길이 어려워. 수많은 갈래길에서 나는 지금 어디에 있는가. 큰바람이 물결을 깨치는 날이 오리니 구름 같은 돛을 곧장 펴고 드넓은 창해를 건너리라." 이백은 〈행로난〉에서 세상살이의 어려움을 노래하며, 술을 통해 세상을 보고 종국에는 자연과 합일했던 시선이다. 이런 한시 맛에 홀린 추종자들이 어디 한둘일까.

만리장성 서쪽, 가욕관으로 가는 길은 끝 모를 황무지다. 차창 밖으로 펼쳐진 풍력단지를 보며 중국의 에너지 사정을 짐작해 본다. 이따금 포플러가 숲을 이룬 곳에는 마을이 있지만 어느새 건조한 땅이 이어진다. 이 길 또한 사람이 살기 힘든 행로난이다.

사막의 오아시스 돈황에서 명사산의 모래바람 소리를 듣는다. 수백 마리의 낙타가 대열을 이루는 대상도 되어 본다. 길이 없고, 가는 길이 길이다. 사막에 떡하니 자리 잡은 월아천! 수천 년 동안 마른 적이 없는 초승달 모양의 호수는 경이로움 그 자체다.

양관에서 장성을 둘러보고 옥문관에서 벌어진 음송 경연은 그동안 갈고닦은 실력을 한껏 뽐내는 자리였다. 흉노가 출범하는 변새에 가면 아는 사람이 없고, 살아 집에 갈지 알 수 없으니 술 한 잔더 권한다는 왕유의 〈위성곡〉이 장원의 대미를 장식했다.

막고굴에서는 돈황 개척사와 현황을 3D 영상으로 관람할 수 있다. 735개 석굴은 각각 하나의 절이고, 석굴마다 불상과 그림이 천년 전의 자태를 드러낸다. 초우관(깃털머리 모자)을 쓴 고구려 승 모습이 보이고, 17번 굴은 《왕오천축국전》을 쓴 혜초(704~787)의 유적이 깃들어 있다.

여정의 끝은 유방(기원전 256~195)의 무덤이었다. 패현의 건달 유방이 항우(기원전 232~202)를 물리치고 고향에 돌아와 불렀다는 〈대풍가〉를 부르며 유방을 소환한다. "큰바람이 불어오니 구름이 높이 난다. 천하에 위세를 떨치고 고향으로 돌아왔다. 어찌하면 용사를 얻어 천하를 지킬 것인가."

유방의 30만 대군에 포위되어 항우는 사면초가에 빠진다. 그는 해하 강가에서 비통하게 후회막급의 노래를 부른다. "힘은 산을 뽑을 만하고 기세는 천하를 덮었건만. 때가 불리하니 추(騅)마저도 달리지 않는다. 추가 달리지 않으니 이를 어찌해야 하는지 우여, 우여 너를 어찌한단 말인가."

항우의 패배는 독단독행(獨斷獨行)에 기인한다. 가진 것이 많고, 자만심에 차 다른 사람의 말에 귀를 닫았다. 유방의 승리는 군책군력(群策群力)이었다. 가진 것이 없어 다른 사람의 말을 듣는 귀가 있었고 소하, 장량, 한신을 삼불여라고 칭송했다. 세상사 독불장군이 설 곳은 없으며 모름지기 사람의 마음을 얻는 일보다 앞서는 일은 없다.

비단길 위에서 시를 따라가다 보고 듣고 얻은 것들은 이렇다. 첫째, 나는 지금 어디에 있는가(今安在)에 대한 성찰이다. 학생들을 가르치는 일과 회사 자문 그리고 고향에 놀이터를 만드는 일이 '나의 길'임을 확신하게 되었다.

둘째, 사람을 얻은 일이다. 조원 10명은 여행 뒤풀이에서 실크로드 모임을 만들고, 이 감흥을 앞으로 확대 재생산하기로 했다. 조원들은 전국 각지에 살고 있어 틈틈이 방문할 일들이 기대된다.

셋째, 군책군력이라는 집단 리더십의 중요성을 깨달은 일이다. 항우와 유방은 삼국지에 나오는 원소(?~202)와 조조(155~220)에 견줄 수 있다. 항우와 원소는 귀를 닫았지만, 유방과 조조는 들을 귀가 있었다. 사람을 중시했다. 실크로드가 전해주는 말이다.

소상야우

●

　장사공항에서 비가 여행객을 맞이한다. 추적추적한 가을비는 길손의 마음을 신산하게 하고, 출발 전 반소매 옷을 챙겨오라는 안내 문구가 무색하리만치 쌀쌀하다. 유종원(773~819, 당나라, 시인)을 따라가는 유배길에서다.

　유배 선임자인 가의(기원전 200~168, 전한, 시인) 고거를 찾았을 때 비가 내리고, 굴원(기원전 340~278, 전국시대 초나라, 시인)이 몸을 던진 멱라수에서도 비는 그치지 않는다.

　장사에서 영주로 가는 길, 창밖으로 풍광이 연우 속에 힐끗힐끗 보인다. 소수와 상강이 흐르는 호남지역을 소상이라 하는데, 두 강이 합류하는 지점에 영주가 있다. 영주는 풍경이 빼어나고 운치가 있어 당송 이래 그림의 단골 소재였다. 소상야우(瀟湘夜雨)! 소수와 상강에 내리는 밤비는 소상팔경의 하나로 꼽힌다.

　유종원은 고문 부흥 운동에 기여한 문장가다. 젊은 나이에 급제해 영정혁신을 추진하다 실패하고 영주자사로 유배된다. 시대를 잘못 만나 나라의 재목으로 쓰이지 못하고 생을 마친 회재불우(懷才不遇)의 대열에 합류한다.

밤낮없이 내리는 비 덕분에 소상야우를 원 없이 만끽하며 걷고 또 걸어본다. 밤비 속에서 유종원의 절망과 희망을 본다. 유종원은 사당 유자사 앞으로 흐르는 시내를 우계(愚溪)라 이름 짓고, 시냇가 근처에 집을 짓고 살았다. 자신의 어리석음을 떠올리며 보이는 곳곳마다 어리석을 '우'로 시작하는 이름을 붙여 놓았다.

얼마나 통한이 컸으면 자신의 형편을 자연에 투사했겠는가. 날씨만큼이나 앞날이 우울하고 답답한 10년의 세월이었을 것이나, 절망 속에서 반전을 노리는 유종원의 결기는 당찼다. 정치 투쟁에서 패배했지만, 문학에서는 밀리지 않겠다는 각오가 시 317편을 낳았다.

애내일성산수록(欸乃一聲山水綠), 어기여차 한 소리로 산과 물을 푸르게 물들일 기세다. 겨울 강에서 도롱이 옷에 삿갓 쓰고 글자와 문장을 낚은 결과물이다. 자연과 하나가 된 경지의 시들은 담백하고 지극하다.

유배가 풀려 장안으로 돌아가지만, 반대파의 득세는 여전했다. 이번에도 복권되지 못하고 더 먼 유배지 유주자사로 쫓겨난다. 유주로 가려면 호남성 영주에서 광서장족자치구로 가야 한다.

길손의 발걸음을 유혹하는 계림은 카르스트 지형이 마치 수천 마리의 낙타가 봉우리를 이룬 듯 봉긋하다. 과연 허언이 아니다. 계림산수갑천하! 더 보태고 뺄 게 없다. 산수 그 자체가 스스로 개시하니 인간의 언어적 유희는 군더더기일 뿐이다.

유주에서의 유배 생활은 유종원스럽다. 버드나무를 심으며 이름대로 살면서, "이 몸 천억 개로 변할 수 있다면 흩어져 산봉우리마다 올라 고향을 바라보련만."이라고 절규하듯, 시를 쓴다. 마침내 유배는 풀렸지만, 병을 얻어 47세에 생을 마감한다. 용담공원에서 보이는 봉우리마다 유종원의 눈물과 회한이 서려 있다.

유배길에서 돌이켜보면 굴원이 멱라수에서 어부와 대화하는 장면을 다룬 〈어부사〉가 떠오른다. 굴원의 혁신적 사고와 비타협적 행동에 어부는 "성인은 사물에 매이지 않으니, 세상과 함께 옮겨가는 법이오! 창랑의 물이 맑으면 내 갓끈을 씻으면 되고, 창랑의 물이 탁하면 내 발을 씻으면 된다."라는 〈창랑가(滄浪歌)〉를 부른다.

갓끈이나 발을 씻는 것은 장강 지류인 창랑의 물이 어떠하느냐에 달려 있다. 세상사 모두가 자기 자신에게 달려 있다는 뜻이지만, 사물에 얽매이지 말고 순리에 따르라는 권고의 노래로 읽힌다. 그리 살지 못한 이는 굴원만이 아니다. 애석하게 가의나 유종원도 다르지 않다.

장사에서 영주, 계림, 유주로 가는 버스는 차 안 인문학당으로 돌변한다. 유배지에 대한 교수님의 세세한 설명과 멋들어진 한시

음송은 절정에 이르고, 학우들이 목청 돋워 음송을 따라 한다. 유종원의 〈강설〉,〈어옹〉이 합창 되고 가의, 두보, 한유(768~824), 소식(1037~1101)이 소환된다. 걸쭉한 입담과 가수 버금가는 가창력, 진행자의 현란한 입담이 그칠 줄 모른다.

다른 사람들은 모두 찰찰한데 나 홀로 민민하다. 말주변이 없는 데다 분위기를 재미있게 이끄는 체질도 못 된다. 자연 속에 살다 보니 시세의 흐름을 타지 못하는 탓도 있다. 유종원이 권력의 역학관계를 파악하지 못하고 눈치 없이 혁신을 벌이다 쫓겨난 심정이라고나 할까. 그 심정을 글로 쓰는 소이연이다.

굴원은 강에 투신했고, 유종원은 유배지에서 생을 마감했다. 두보(712~770, 당나라)는 고향을 찾아가다 장사와 악양 사이를 지나는 배 안에서 생을 접었다. 이에 비해 도연명(365~427, 동진~송나라)은 귀거래사를 짓고 도화원을 꿈꾸며 고향에서 여생을 보냈다.

여행 내내 왜 그리 비가 내렸는지 조금은 알 것 같다. 굴원이나 가의, 유종원의 눈물과 회한이 섞이고 고이고 사무쳐 그렇지 않았을까. 유종원이나 굴원, 두보처럼은 살 수 없어도 쉽지는 않겠지만 도연명처럼은 살 수 있겠다고 생각해본다.

나는 회사인으로 살다 자연인으로 돌아왔다. 고향에서 자연주의 정원을 가꾸며 산다. 연못은 심여지와 응덕지라 이름을 짓고, 산골 도랑은 선계벽수라 부른다. 이곳에서 정원과 안수산을 연계하여 살기 좋은 마을을 만들어 볼 요량이다.

소상팔경에 빗대어 유종원이 소상야우의 삶을 살았다면, 도연명은 어촌석조(漁村夕照)의 삶을 살았다. 문장에서는 유종원을 닮고 싶고, 사는 방식은 도연명이 되고 싶다. 산촌에서 붉고 아름다운 만경강 낙조를 보며, 풍경을 몸 안에 들이며 살고 싶다.

《모비 딕》, 그 끝 모를 실체

●

　"돈이 없었던 몇 년 전 난 넓은 바다를 누비기로 했다. 이유 없이 불길해지거나 괜히 남에게 시비를 걸고 싶을 때, 영혼에 우울한 기운이 엄습할 때는 다시 바다로 가야 한다. 어떤 길을 선택하든 그길은 바다로 이어진다. 언덕을 넘고 강물을 따라 바다로 내려간다. 바다에서 모든 사람은 거울 앞에 서듯 자신을 발견한다."

　허먼 멜빌(1819~1891)이 쓴 해양 소설 《모비 딕》의 제1장 "어렴풋이 보이는 것들"에 나오는 대목이다. 포경선 피쿼드호가 낸터컷에서 출항하여 아조레스 제도와 혼곶을 항해하다 아프리카 희망봉을 돌아 인도양을 누비며 고래를 추격한다.

　추격은 자바섬과 대순다 열도 사이를 빠져나와 대만 인근과 일본 연안 어장을 거쳐 적도 부근의 태평양으로 계속된다. 고래잡이는 2년에서 길게는 3년 동안 지구 표면적의 3분의 2 이상을 차지하는 바다에서 행해지는 사나이들의 거친 세계다.

　"내 이름을 이스마엘이라고 해두자."로 시작하는 첫 문장은 소설의 분위기를 어렴풋이 암시한다. 《성경》에서 이스마엘은 '방랑자'라는 뜻으로 아브라함의 하녀인 하갈 소생이다. 이스마엘은 팔레스타인 광야로 쫓겨나 아랍인의 조상이 된다. 이름이 암시하듯 이스마엘은 방랑자답게 포경선을 탄다. 작가 멜빌이 상선과 포경선을 탔고, 해군에 복무하며 체득한 경험을 소설에 고스란히 녹여냈다.

포경선의 관심은 덩치가 크고 사나운 향유고래였다. 커다란 머리에 '경랍'이라고 불리는 기름의 저장고가 있어 이를 통에 퍼담으면 된다. 기름은 불을 밝히는 양초와 화장품 원료로 쓰인다. 고래의 소화불량과 변비로 생기는 용연향은 향수의 원료로 쓰여 같은 무게의 금보다 값이 더 나갔다.

매사추세츠주 낸터컷은 18~19세기 포경 산업의 중심지였다. 사람들이 낸터컷으로 몰려들어 당시 미국 경제를 견인했다. 시인 랠프 월도 에머슨(1803~1882, 미국)은 이런 모습을 "낸터컷 국가"라고 치켜세웠다.

소설의 구도는 출항 전 엘리야의 예언을 일등항해사 스타벅이 막으려 하지만, 아합 선장은 끝까지 고집을 굽히지 않는 것으로 설정돼 있다. 아합은 흰고래 모비 딕에게 한쪽 발을 잃고 이를 복수하기 위해 지옥까지라도 추격하겠다는 광기를 보인다. "정체를 알 수 없는 그 어떤 것이 날 미치게 한다."라며 배를 죽음으로 몰아간다.

이에 비해 스타벅은 "고래를 두려워하지 않는 자는 내 보트에 절대 태우지 않겠다."라는 신념을 갖고 있다. 우리는 고래를 잡으러 왔지, 선장의 원수를 갚으러 온 것이 아니라며 고래잡이 목적에 충실히 임한다.

결국 "아합이 모두를 유혹해 죽게 할 것이다. 한 사람만 빼놓고." 라는 엘리야의 예언이 현실화하면서 대단원의 막을 내린다. 모비 딕의 공격을 받은 피쿼드호를 바다가 흔적도 없이 삼켜버린 것이다.

고래는 인간에게 잡히기도 하지만, 배를 공격하여 인간을 바다에 수장시키기도 한다. 멜빌이 작품을 쓴 계기도 1820년 향유고래가 포경선 에식스 호를 침몰시킨 사건이었다. 생존자 토마스 니커슨에게서 길이 30미터에 몸무게 80톤의 고래가 238톤의 배를 10분 만에 침몰시키는 이야기를 듣게 된다. 《모비 딕》이라는 위대한 소설이 탄생하는 순간이었다.

《모비 딕》은 단순한 소설이 아니다. 우주와 인생을 돌아보게 하는 135개의 에피소드가 장쾌하게 펼쳐진다. 산문의 깊이와 아름다움, 다양한 구성으로 이뤄진 대서사시다. 고래잡이의 전 과정과 상황에 성경과 셰익스피어, 그리스·로마 신화 등 서구 고전 문학 160여 편이 거침없이 동원된다. 멜빌이 고래에 대한 모든 것을 기술하려는 듯 도서관을 드나들고 대양을 누벼 얻은 결과물이다.

소설에 등장하는 인명은 성경에서 여럿 빌려 썼다. 아합과 엘리야, 이스마엘, 요나, 다니엘, 욥 등 성경에 대한 이해 없이는 독해가 어려운 작품이다. 포경선 피쿼드호도 예사롭지 않다. 아메리카 원주민인 피쿼드족은 백인과의 전투에서 민족이 몰살당했다. 이런 피쿼드족을 왜 포경선의 이름으로 명명했는 지에 대해서는 해석의 여지가 많다.

최후의 생존자 이스마엘은 아브라함의 적통이 아니었다. 그를 살려낸 것도 이교도 동료이자 작살잡이였던 퀴퀘그의 관(棺)이었다. 이처럼 비유와 인용이 가득한 소설은 어떻게 읽느냐에 따라 이해와 해석이 무한히 확장된다.

나는 산골에서 자랐다. 안수산에 올라 서해 쪽을 바라보곤 했다. 하늘이 맑고 시야가 좋은 날엔 군산 앞바다가 아스라이 보였다. 바다를 바라보던 시선이 해군에 지원하는 계기가 됐고, 책《모비 딕》도 한몫했을 것이다.

함상에서 본 바다는 파도가 일다 곧 다른 파도가 복잡 미묘하게 일었다. 은빛 물결로 잔잔하다, 어느 땐 폭풍우가 몰아쳤다. 칠흑같이 어두운 밤바다는 누가 지나가는지 보려고 숨죽이고 거대한 눈으로 응시하고 있는 듯했다. 이런 바다를 닮아서인지 모비 딕은 그 실체가 어렴풋하다.

실체를 잘 드러내지 않는 은미(隱微)의 세계에서는 모든 사람이 거울 앞에 서듯 자신과 직면하게 된다. 이때는 "보이지 않는 데서 계신하고, 들리지 않는 데서 공구하라."는 중용의 말이 마음에 와 닿는다.

《모비 딕》은 우리에게 아합이 될 것인지 아니면 스타벅이 될 것인지를 묻는다. 마지막 순간까지 모비 딕을 잡아 복수하겠다는 선장에게 "이건 사악한 항해다. 아합은 아합을 경계해야 한다."라는 스타벅의 절규가 긴 여운을 준다. 현실과의 거리를 정확히 가늠하고 있는 이상이어야 한다는 절규일지도 모른다.

다른
억양
읽기

4부 —— 기후변화와 개인 ESG가 만들 억양

기후변화, 어떻게 볼 것인가

●

그레타 툰베리(2003~)는 스웨덴의 환경운동가다. 금요일마다 등교를 거부하고, 국회 앞에서 기후변화 대책 마련을 촉구하는 1인 시위를 벌였다. 이 시위는 그 후 전 세계 수백만 명의 학생들이 참가하는 '미래를 위한 금요일' 운동으로 이어졌다.

툰베리가 세계적으로 주목을 받은 건 2019년 유엔본부 기후행동 정상회의에서 한 연설 때문이었다. "생태계가 무너지고 대멸종 위기 앞에 있는데도, 당신들은 돈과 영원한 경제성장이라는 동화 같은 이야기만 늘어놓는다. 우리를 실망하게 한다면 절대로 용서하지 않을 것이다."라고 질타했다.

지구의 날을 맞아 우리나라 청소년기후행동도 정부에 청원의 글을 올렸다. 기후변화에 대한 정부 대응이 거짓되고 말의 성찬에 불과하다는 것이다. 그들은 온실가스 감축에 대한 정부 목표를 2030년까지 45%(2017, 배출량 대비)에서 70%로 강화하고, 2030년까지 석탄발전은 중단할 것을 촉구했다.

기후변화에 대한 경각심을 일깨우고 있는 이들은 10~20대의 청소년들이다. 정부는 기후변화가 일으킨 위기의 시대에 살아갈 미래 세대의 요구를 애써 외면하고 있다. 여전히 예전처럼 살려고 하고 있다. 기후변화에 대한 원인 제공자와 이에 영향을 받는 세대 간의 인식차가 얼마나 큰지를 잘 보여준다.

상황은 생각보다 절박하다. 우리나라는 기후변화 해결에 노력하지 않는 기후악당국이다. 호주, 뉴질랜드, 사우디아라비아와 함께 세계 4대 기후악당국으로 지목됐다. 이들 국가는 탄소를 많이 배출하여 얻게 된 오명이다.

우리나라가 어떤 이유로 이렇게 되었는지는 먼저 산업분야에서 그 원인을 찾을 수 있다. 우리가 가장 편리하게 사용할 수 있는 에너지는 전기다. 전기는 석탄을 태워 생산한 이래 석유와 천연가스, 원자력, 신재생 에너지를 활용하여 생산한다.

전기 생산에서 온실가스를 가장 많이 배출하는 에너지원은 석탄이다. 전체발전량에서 석탄발전이 차지하는 비중(2019 기준)은 한국 40%, 일본 32%, 독일 30%, 미국 24%, 영국 2%, 프랑스 1% 등 나라마다 다르다. 우리나라는 석탄발전 비중이 다른 나라에 비해 압도적으로 높다.

또한 우리 산업은 전기를 많이 소비하는 제조업 비중이 높고 철강, 석유화학, 정유, 시멘트 등 탄소를 많이 배출하는 업종이 많다.

산업에서 제조업이 차지하는 비중은 28%이며, 탄소 다배출 업종이 8%를 차지한다. 이에 비해 EU 국가는 각각 16%와 5%, 미국은 11%와 4%를 점유한다. 우리나라가 기후악당국이라는 소리를 듣는 이유다.

이렇게 된 데는 부존자원이 없는 상태에서 단기간에 압축 성장을 이룬 정부 정책에서 기인한다. 우리나라는 석탄발전과 제조업 비중, 탄소 다배출 업종 등을 고려할 때 기후변화 대책 마련이 쉽지 않다. 탄소를 많이 배출하는 구조로 현 시스템이 고착돼 있기 때문이다. 이를 타개하기 위해서는 산업 전반에 걸친 창조적 혁신이 필요하다.

온실가스배출량은 2018년 정점을 찍고 감소하는 추세지만 탄소중립 목표를 달성해야 하는 2050년까지 32년도 남지 않았다. 이에 비해 일찍이 기후변화에 관심을 두고 탄소 배출 감축을 추진해 온 EU 국가는 60년의 시간을 가졌다. 우리나라가 EU 국가보다 두 배 이상의 노력을 해야 한다는 의미다.

하지만 우리는 위기가 닥친 사람처럼 행동하지 않는다. 나와 관련이 없는 일처럼 여기며 외면하고 있다. 기후변화에 대처하기 위해서는 그동안 누려온 성장과 풍요로움에 상응하는 불편과 부담을 감당할 수밖에 없는데도 말이다.

기후문제는 정부가 인기 없는 탄소중립 정책을 강력하게 추진할

의지가 있는가와 국민이 불편과 비용을 감당할 용의가 있느냐에 달려있다. 무엇보다 어느 세대가 불편과 부담을 질 것인가도 충돌하는 지점이다.

미래 세대의 주장은 간단하다. 탄소 배출을 줄이려는 노력을 지금 하고, 하지 않고의 문제는 미래 세대에 영향을 미칠 것이고, 지금 당장 하는 일은 미래 세대가 할 수 없는 일이라는 것이다.

이처럼 기후변화 문제는 삶의 방식, 정부 의지, 국민 수용성 그리고 세대 간 부담 배분 등 복잡하게 얽혀있다. 단번에 해결할 수 있는 문제가 아니다. 따라서 에너지와 관련한 기후 문제는 순차적으로 우선순위를 정하여 지혜롭게 접근하는 길밖에 없어 보인다.

산업 분야는 석탄발전을 줄이고 원자력, 천연가스를 상당 기간 활용할 필요가 있다. 그러면서 태양광과 풍력, 수소 같은 신재생에너지원을 대폭 활용해야 할 것이다. 선진국이 더 적극적으로 기후문제 해결에 행동을 보이며 선도해야 한다.

앞으로 행동해야 할 것으로 예상되는 기후변화 대책에는 다음의 것들을 고려해 볼 수 있다.

첫째, 우리가 사는 지구는 미래 세대에게 잠시 빌려 쓴다는 인식이다. 우리 삶에서 탄소를 배출하지 않는 방법을 찾는 데 전 지구적 노력과 공감대가 필요하다.

둘째, 정부의 기후변화 대책 강화다. 기후악당국이라는 누명을 벗기 위해서도 지금보다 몇 배의 노력이 필요하다. 50년까지 탄소중립 목표를 달성하기 위한 실행계획이 연도별로 수립되고 매년 연동하여 투명하게 공개되어야 한다.

셋째, 정부와 기업, 연구단체에서 기후변화 대책 마련을 위한 기술개발과 혁신이다. 신재생발전 비용을 석탄발전 비용 이하로 낮추는 일에 역량을 집중해야 한다.

넷째, 전기요금에 기후환경요금을 적정수준으로 반영하여 요금을 인상함으로써 전기 절약을 유도하고 확보한 재원은 신재생발전을 촉진하는 데 투자해야 한다.

다섯째, 자립 생활의 확대다. 내가 쓰는 에너지는 스스로 해결하려는 노력이 필요하다. 건물 지붕이나 벽면에 태양광 패널을 설치하거나 주민 참여를 통해 태양광과 풍력 발전단지를 지역단위로 조성하여 운영하는 것도 하나의 방안이다. 먹거리는 가능한 범위에서 시장보다 텃밭에서 조달하는 것 등을 고려해 볼 수 있다.

2021년 독일 연방 헌법재판소는 "현재 우리가 온실가스 감축 부담을 적게 안고 있는데도 이산화탄소 할당량을 써 버린다면 다음 세대들은 50년 탄소중립 목표 달성을 위해 더 큰 부담과 고통 속에 살 수밖에 없다. 따라서 정부는 기후변화대응법에서 30년 이후로 미뤄놓은 온실가스 감축 목표 시기를 구체적으로 앞당기라."라고 명령했다. 미래 세대에게 환경 부담을 과도하게 주어서는 안 된다는 판시다.

기후변화는 인류의 생존 문제다. 어떤 가치보다 앞선다. 지구의 평균기온 상승을 1.5℃ 아래로 유지하기 위해서는 모든 국가와 각 부문에서 탄소 배출을 줄이려는 행동을 지금 해야 한다.

"제가 왜 곧 있으면 사라질 미래를 위해 공부해야 하나요?"라고 툰베리는 우리 모두에게 묻는다. 기후변화에 관한 한 현세대는 미래 세대의 목소리에 귀를 기울여야 한다. 현세대가 지금처럼 살아도 된다는 인식과 삶의 방식을 유지한다면 기후재앙은 가속화될 것이다.

RE100 대응

●

    애플은 2020년 반도체 납품 물량을 놓고, SK하이닉스에 RE100을 요구하며 이에 따르지 않으면 대만 TSMC에서 납품받겠다고 압박한 것으로 알려졌다. 이에 앞서 2018년에 BMW는 LG화학에 부품 납품에 대한 전제조건으로 RE100을 요구하면서 계약이 무산됐다. 삼성SDI는 국내 생산 물량을 국내에서 생산하는 대신 신재생에너지 사용이 가능한 해외공장으로 옮겼다.

    국내 유수 기업이 어떤 이유로 RE100에 목을 매고 있을까. RE100은 'Renewable Energy 100%'의 약어다. 2050년까지 필요한 전력의 100%를 태양광, 풍력 등 재생에너지로만 충당하겠다는 기업들의 자발적 약속이다. 글로벌 경쟁에서 살아남으려는 조치라 볼 수 있다.

    이는 2014년 영국의 비영리단체인 기후그룹(The Climate Group)이 제시한 글로벌 캠페인에서 시작됐다. RE100에 가입한 기업(2021)은 미국 51개, 유럽 77개, 아시아 24개 등 284개에 이른다.

    애플, 구글 같은 다국적 기업은 이미 2018년에 100% 목표를 달성했다. 우리나라에서는 2020년부터 LG화학, SK하이닉스, 한화큐셀 등이 잇따라 참여를 선언했다. 환경 캠페인으로 시작한 RE100이 지금은 수출의존도가 높은 국내 기업에 새로운 무역장벽이 된 셈이다.

기업이 RE100을 이행하는 수단에는 첫째, 자체 신재생에너지 발전설비를 갖추는 것이다. 둘째, 신재생에너지 발전사업자로부터 전력을 사는 것이다. 셋째, 신재생 발전에 지분을 투자하는 것이다. 넷째, 신재생에너지공급인증서(REC)를 구매하는 것이다. 마지막으로 한전의 녹색 프리미엄 요금제를 이용하는 방법이 있다.

우리나라와 달리 RE100 선진국들은 전력시장이 이미 자유화돼 있다. 재생에너지와 기존 화력발전의 요금 차도 크지 않다. 유럽 몇몇 지역의 경우 재생에너지 단가가 화력발전의 단가보다 싸다.

따라서 RE100을 위한 별도의 조치 없이 기존 전력시장을 통해 RE100 생태계를 형성할 수 있다. 반면 우리나라는 재생에너지 비용이 화력발전 비용보다 훨씬 비싸다. 그래서 정부는 급하게 기업이 RE100을 이행하는 수단을 법제화한 것이다.

RE100 자체는 국가 간에 직접 이뤄지는 것은 아니고, 기업 간 협상 전략 중 하나다. 이에 어떻게 대응하느냐는 전적으로 기업의 자유다. 그렇지만 기업들은 국제 경쟁력을 높이고 친환경 가치 실천을 위해서는 RE100에 동참하지 않을 수 없는 경영환경에 직면해 있다.

글로벌 기업들은 친환경을 중시하는 RE100과 탄소중립에 적극적이다. 이들 기업들은 자신들과 거래하는 업체에도 RE100 참가를 요구하고 있다. 무엇보다 무역과 제조업 위주의 국내 기업들이 직접적인 영향을 받는다.

RE100이 기업의 미래에 끼칠 영향은 점점 더 커질 것이다. 소비자들은 탄소배출 등 기후에 악영향을 끼치는 기업의 제품을 선택하지 않을 것이고, 투자자들도 위험에 선제적으로 대응하기 위해 투자를 멈출 것이다.

더구나 기업들은 앞으로 논의될 탄소국경세와 같은 개념의 무역 장벽에 대비해야 한다. 이는 온실가스 배출량이 많은 국가에서 배출량이 적은 국가로 상품·서비스를 수출할 때 적용되는 무역 관세다. 탄소국경세는 RE100보다 더 직접적인 무역 리스크이지만, 기업으로서는 RE100으로 돌파해야 한다.

이제 기후변화 대응은 거스를 수 없는 대세다. 기업이 맞닥뜨릴 일이라면 선승구전의 자세가 답이지 않나 싶다.

기후변화와 개인 ESG

●

봄은 미세먼지와 함께 온다. 오늘도 미세먼지는 매우 나쁨이다. 아침마다 날씨와 기온을 살피고, 꼼꼼하게 챙겨보는 것이 미세먼지 농도다. 4월 들어 매우 나쁨을 기록하는 날이 많다. 이런 날은 앞이 뿌옇고 눈이 따가워 밖에 나서기 꺼려진다. 이제 미세먼지는 기후변화를 체감하는 주요 인자가 되었고, 우리 생활에 깊숙이 스며 있다.

매화꽃 향기가 봄을 재촉하면 산수유, 개나리, 목련이 피고 진달래, 자두, 살구, 철쭉이 뒤를 따른다. 이처럼 꽃이 피는 순서가 나름 정해져 있었다. 그러던 것이 올해는 꽃이 2주 정도 일찍 피었다. 이곳저곳에서 동시다발적으로 피워낸 순서를 예상하고 즐기던 재미가 그만큼 줄었다. 꽃 피는 시기의 교란은 지구온난화가 몰고 온 생태계의 변화 때문이다.

최근 기후변화에 대한 전 지구적 위험을 평가하고 대책을 마련하는 'IPCC(기후변화에 관한 정부 간 협의체) 6차 보고서'가 발표됐다. 우리나라는 2030년까지 탄소 배출량을 2018년 배출량 대비 40% 줄여야 한다. 현 정부는 임기 중 낮은 감축률(총감축량의 25%)을 잡고, 다음 정부에 3배 높은 75%를 배정했다. 기후문제를 할 수만 있다면 미루고 미뤄 다음 세대로 떠넘기려는 속내다.

유럽이나 미국이 오래전부터 기후변화를 심각하게 인식하고 강도 높게 탄소 배출을 감축하고 있는 것에 비해, 우리나라는 별 관심이 없는 것 같다. 경제 규모나 수출 비중을 생각하면 기후변화 대응은 빠르면 빠를수록 좋고, 지금보다 몇 배의 노력과 재원 투자가 필요하다.

기업마다 처한 상황이 다르지만, 수출하는 기업들은 탄소 배출 감축이 불가피해졌다. 제품을 만드는 전 과정에서 탄소 배출량이 계산되고, 이때 사용한 전기는 청정에너지임을 입증해야 한다. 그렇지 않으면 수출 시 탄소국경세와 같은 개념의 비용을 부담해야 한다.

이에 따라 기업에서는 환경친화적이면서 사회적 책임을 강화하고 지배구조를 개선하는 일이 최대의 관심사다. 소위 ESG(Environmental, Social and Governance) 경영인데, 이는 더 나은 세상을 향한 세계적 가치 담론으로 삶에서, 현장에서 변화를 만들어 내고 실천하려는 기업 차원의 움직임이다.

기업이 생존과 지속가능한 발전을 위하여 ESG 경영을 하는 것처럼 개인도 이에 버금가는 노력이 필요하다고 본다. 꽃이 피거나 과실을 거두는 시기가 종잡을 수 없는 등 생태계가 교란되고 있다. 햇빛이 모든 사람에게 골고루 비추듯이, 기후변화 문제는 누구도 피해 갈 수 없는 것으로 한가하게 정부와 기업만 쳐다볼 상황이 아니다.

기업의 ESG 경영을 개인의 삶에 빌려 쓰는 것도 현실적인 방안이다. 우리는 각자 자기 삶에 있어 1인 기업가이다. 개인 ESG는 기업에서 지배구조 개선에 해당하는 G를 Garden(정원)으로 대체하면 되지 않을까 싶다. 한마디로 '기후문제는 나부터 실천한다'는 인식을 품고 사회적 책임을 실천하는 공간으로 정원을 활용해 보자는 것이다.

개인 ESG에서 (E)는 환경에 대한 인식의 전환이다. 우리 생태계는 인간과 물질, 에너지, 생명체의 살아있는 시스템으로 서로 영향을 주고받는다. 중병을 앓고 있는 지구를 되살리기 위해서는 인간과 문명의 폭력성에 대한 성찰과 함께 지구는 미래 세대에게 잠시 빌려 쓰는 것으로 우리가 책임진다는 자세가 필요하다.

다음은 사회적 책임(S)이다. 온실가스 감축을 위해 가능한 분야부터 당장 실천해야 한다. 불필요한 소비를 줄이고 걷기와 자전거 이용을 확대하고 육식보다는 채식 위주의 식단으로 전환하는 것도 한 방법이다. 먹는 것 중 일부는 텃밭에서 얻고, 지붕이나 벽면에 태양광 패널을 설치하여 에너지 자립을 할 수 있다. 창의력을 발휘하면 할 수 있는 일들은 많다.

기후변화를 체감하고 사회적 책임을 실천할 수 있는 공간인 정원(G)은 소유 여부나 크기보다 자연과 더불어 상생하고 공존하려는 노력이 중요하다. 실내에서 반려식물을 기르거나 아파트 단지에서 이웃과 함께 정원을 보살피는 것, 산이나 공원을 찾는 것 등 자연과 가까이하는 일이 될 수 있다. 각자가 정원을 만들거나 세상에 있는 정원을 활용할 수 있다.

성재여행은 개인 ESG를 시행하는 공간이다. 지속가능한 실천을 위해 마을 사람과 귀농 귀촌한 젊은이들이 함께할 수 있는 활동을 하고, 새로운 방안을 찾고 있다. 성재여행과 마을 그리고 안수산의 자연환경을 통해서다.

정원에서는 실망하는 법이 없다. 자연의 환대는 여전히 살갑다. 누구든 정원이나 숲에 들어서는 순간 꽃과 나무의 초대장을 받은 거나 다름없다. 각자가 주어진 상황에서 개인 ESG를 실천해 보면 어떨까.

흙과 기후변화

●

늘 가까이 있어 소중함을 알아채지 못하는 것들이 있다. 공기, 물, 흙이 그렇다. 이들은 당연히 있는 것, 주어지는 것으로 생각하기 쉽지만 그렇지 않다. 우리가 살아있음과 살아감은 이들이 있기 때문에 가능하다. 그중에서 흙의 소중함을 너무도 잊고 산다.

3월 11일은 '흙의 날'이다. 흙의 소중함을 알리기 위하여 제정되었다. '흙의 날' 제정은, 농업의 근간으로서의 의미를 환기하자는 것에 그치지 않을 것이다. 농업을 넘어서서 생명의 원천으로서 흙의 존재적 의미를 다시 새기자는 의의 또한 갖고 있을 것이다.

20세기 이후의 '흙'은 자본이 깊이 침투하며 상업적 자본으로서의 평가가 인식의 대세를 이루고 있지만 그것은 흙의 본질이 아니다. 흙의 본질은 생명의 토대라는 사실에 있다.

생명의 토대로서의 흙은 농촌, 농업, 농민과 가장 관련이 깊다. 3월이 되면 생명이 본격적으로 약동하면서 농사의 시작을 알린다. 11일은 흙 토(土)라는 글자가 열 십(十)과 한 일(一)을 더한 글자에서 따왔다. 흙의 날을 3월 11일로 정한 배경이다.

'흙의 날'은 문명이 발전함에 따라 생명의 근간으로서 땅의 의미를 약화시키고, 경제적 대상으로만 평가하는 세태 속에서 어떻게든 흙의 중요성을 알리려는 궁여지책으로 제정했을 것이다.

흙을 대하는 우리의 태도가 급속히 변하고 있다. 농촌과 도시 인근 곳곳에서 비닐하우스를 볼 수 있다. 흙에 구획을 정하여 철저하게 관리한다. 전기와 정보통신 기술을 접목하여 온도와 습도를 자동으로 조절한다. 작물을 재배하는 데 온도와 습도를 인공적으로 조성해 사시사철이 따로 없다.

물을 이용하여 식물을 재배하는 수경재배는 땅을 기반으로 하지 않고, 먹거리를 화학적으로 최적화해 길러내는 식물공장이다. 흙이 보조 수단으로 전락해 노지에서 농산물을 재배하는 농가가 줄고 있다.

영화 〈파묘〉(2024)가 흥행한 적이 있었다. 지관 역할을 맡은 최민식 배우가 흙을 먹는 장면이 나온다. 흙의 맛을 보면서 흙에 함유된 미생물이나 미네랄 등의 느낌으로 명당을 판별한다는 설정이다. 흙이 얼마나 소중한지를 보여주는 영화라 할 수 있다.

우리 선조들은 흙의 소중함을 알고, 삶의 방식에 적용했다. 땅의 위치에 따라 흙의 성분이 다르다는 속성을 알았기 때문에 흙이 후대에까지 영향을 끼친다는 믿음을 가졌다. 흙과 더불어 살아 흙의 날을 정할 이유가 없었다.

흙은 탄소저장고다. 기후변화에 관한 정부 간 협의체에 의하면, 흙은 대기 중 이산화탄소의 34%, 바다는 26%를 흡수하는 능력이 있다. 흙 1센티가 만들어지는 데는 200년이 걸린다. 오랜 세월에 걸쳐 만들어지는 흙이 무분별한 개발과 농약, 화학비료 사용으로 훼손되고 오염되고 있다.

건강한 흙을 유지하느냐의 여부는 마음의 자세에 달렸다. 흙의 소중함을 알고 이를 즉시 시행하면 된다. 농경지를 갈아엎지 않으면 탄소를 흙에 가둬 공기 중으로 배출되지 않는다. 화학비료와 농약을 사용하지 않는 친환경 유기농도 흙을 건강하게 유지할 수 있다.

식생활을 바꾸는 행동으로도 흙을 건강하게 유지하는 데 도움이 된다. 음식을 남김없이 먹어도 탄소를 줄일 수 있다. 전 세계에서 1년에 발생하는 음식물 쓰레기는 13억 톤에 이른다. 하루 한 끼를 남김없이 먹는 것도 온실가스 감축에 도움이 된다. 과식과 탐욕이 기후 위기를 가속화한다.

관행농은 흙을 오염시키는 일이 잦다. 시장에 내다 팔기 위해 여러 번 농약을 치고 화학비료를 사용한다. 가뭄이나 폭우, 냉해에 노출돼 농사의 반은 하늘이 짓는다. 이렇게 애써 농사를 지어도 남는 게 거의 없는 구조다.

작은 규모의 농사를 짓고 있다. 텃밭에서 작물을 심을 때 경운기로 땅을 갈아엎지 않고 괭이나 호미를 이용한다. 채소를 재배하든 나무를 가꾸든 농약과 비료는 쓰지 않는다. 작물은 풀과 벌레와의 경쟁에서 살아남은 것을 얻는다. 자연 속에서 하늘이 주는 만큼만 거둔다.

과일나무는 무엇을 수확하기보다 잎과 꽃을 보며 즐긴다. 노지에서 얻은 과실은 맛이 좋고 실하다. 감과 매실, 앵두, 보리수는 농약을 치지 않아도 수확할 수 있다. 땅심이 살아있기 때문이다. 찔레와 장미를 나란히 심어 비교한다. 복숭아와 살구나무 곁에는 자두나무가 자란다. 여러 종류의 과실나무를 섞어 심으면 벌레의 접근도 줄어든다.

이런 환경에서 쑥과 냉이, 머위, 취나물이 잘 자란다. 마을 사람들이 농약을 친 자기 것은 제쳐두고 와서 캐간다. 여기저기에서 쑥과 나물을 뜯는 모습은 보기에 좋다. 쑥은 지인과 방문객에게 최애 작물이다. 봄기운을 쑥과 냉이로 얻는다.

이때는 내가 창조자가 된 듯한 느낌이 든다. 흙이 살아 숨 쉬는 환경을 만드는 데 관심을 기울이기 때문에 가능한 일이다. 흙이 오염되면 건강을 잃기 쉽다. 건강을 잃고 건강의 소중함을 깨닫는 것은 늦은 깨달음이다. 흙도 이와 다르지 않다.

경쟁에 내몰리는 농촌

●

　한가하고 낭만적인 곳이 농촌이라고? 당치않다. 몇 년 전까지만 해도 봉동읍 로터리 인근에 커피숍이 딱 하나였다. 장날은 물론 오다가다 들르곤 했다. 지금은 10여 곳이 생겨, 가히 커피숍 전쟁이다.

　인근 포도 농장에서는 샤인머스캣을 생산한다. 몇 년 동안 높은 가격에 팔려 전망이 밝은 듯했으나 너나없이 샤인머스캣을 심어 손해를 보는 농가가 생겼다. 돈이 되면 그곳이 어디든 사람들이 단물에 개미 모여들 듯 몰리고, 결국은 경쟁의 마당이 되어 생각했던 것과 판판인 결과가 만들어진다.

　농촌을 뉴스거리로 만들고 농업을 세계적 시각에서 보도록 이끈 사람은 짐 로저스(1942~, 미국, 금융인)다. 세계적인 헤지펀드 투자가답게 "MBA(경영학 석사 과정)가 무슨 필요 있나? 당장 농대에 가라."라고 부추겼다.

　그의 논지는 신선했고, 정말 그럴까 의아해하면서도 농촌을 새로운 시각에서 바라보게 했다. 베이비붐 세대는 고향을 떠올렸고,

젊은이들이 농수산대학을 주목하는 계기가 됐다. 농수산대학교는 특별법에 따라 수업료와 실습비, 식비 등이 국비로 지원된다.

학생들은 기숙 생활을 하고 졸업 후 6년은 농어업에 종사해야 한다. 세계 경제와 정부의 정책 방향을 익히고, 작물에 대한 지식과 경쟁 역량을 쌓는다. 농촌 현장에서 이들이 변화를 이끌고 경쟁을 주도하고 있다. 이제 승계농이 아니면 농지 마련과 재배 작물을 동시에 고려하기는 만만치 않다.

바야흐로 농촌도 무한경쟁의 소용돌이 속에 휘둘리고 있다. 마을 사람과 협업해 몸으로 짓던 소농은 점점 줄어들고, 넓은 농지에서 첨단기계를 사용하고 작물의 다변화와 차별화를 통해 대농을 지향한다. 귀농 귀촌 인구에서 귀촌이 대부분이고 귀농은 4%에 불과한 이유다.

벼는 상대적으로 기르기 쉬운 작물이다. 기계화율이 높고 생산한 쌀은 정부에서 사준다. 문제는 쌀소비량이 줄고 공급과잉 상태에 있어 자립이 어렵다는 점이다. 3헥타르(약 9,000평) 이상의 대농은 경쟁력을 가질 수 있지만 소농은 힘만 들지 돈이 되지 않는다. 그저 체험으로 해보는 생활공동체에서나 가능한 일이다.

영농조합법인을 설립하고 콩, 밀과 같은 전략 작물을 재배하는 농가가 늘고 있다. 이렇게 하는 것은 판로 확보에 유리하고, 무엇보다 일정 규모를 넘으면 비용이 줄어드는 '규모의 경제'라는 지렛

214

대를 활용할 수 있기 때문이다.

논에서 콩과 밀을 생산하고 가공공장에서 두부와 음료를 만들어 판다. 소만 키우는 것이 아니라 정육식당을 함께하기도 한다. 다양한 포트폴리오를 구성해 위험을 회피하려는 것이다.

여기에 더하여 산업과 정보통신 기술이 농업에 급속히 결합하고 있다. 대규모 재배시설과 지능형 농장 따위의 첨단시설이 그렇다. 더 빨리 생산해서 시장에 안정적으로 내놓으려면 모터로 지하수를 퍼내고 하우스를 두껍게 쳐야 한다.

LED 조명으로 빛을 쐬고 온도 센서를 가동하니 투자비와 유지비가 많이 들어간다. 이는 기업에 돈을 내고 생산하는 것이나 다름없다. 24시간 전기 사용과 지하수를 퍼내는 일은 기후 위기를 악화시킨다.

농업 분야가 경쟁으로 치닫는 데는 소비자의 욕구도 한몫했다. 여러 작물을 사시사철 안정적으로 먹고 싶은 욕구가 생산을 점점 앞당기는 요인이다. 같은 상추도 출하 시기에 따라 어떤 때는 1만 원, 어떤 때는 5만 원에 팔린다. 경매사들이 가격 경쟁을 붙이고 농민들은 경쟁구조에 포획돼 있다.

이런 상황에서 지방 위기니, 소멸이니 하는 이야기는 당연한 수순이다. 완주군은 13개 읍면 중 8개 면이 소멸 고위험 지역이다. 다른 지역의 사정도 이와 다르지 않다. 개발과 발전이라는 명목으로

산하가 잘리고 뒤집힌다.

도로나 교량 시설도 늘어나지만 쓰레기매립장, 분뇨처리장, 기업형 축사가 들어서 악취를 뿜어댄다. 농촌에서 쾌적한 환경이 점점 줄어들고, 경쟁의 각축장이 되면서 인구 유입을 막고 있다.

경쟁으로 치닫는 농촌을 멈추게 할 수는 없는가, 소농과 경자유전의 원칙을 이야기하는 것은 세상에 떼를 쓰는 일인가, 농촌이 더 나은 삶의 질과 가치를 구현할 수 있는 대안적 공간은 될 수 없는가, 라는 문제는 개인이 어찌해 볼 수 없는 한계 상황으로 내몰리고 있다. 이런 상태가 지속되면 지방 소멸은 더 빠르게 진행되고, 나아가 국가도 소멸하게 되리라는 우려의 목소리가 나온다.

우리나라는 2023년 합계 출산율이 0.72명으로 매년 세계 최저 수치를 경신하고 있다. 저출산과 지방 소멸, 기후 위기를 해결하는 길은 농촌에서 규모의 경제가 작동하지 않는 분야에 공적 기능을 강화하는 길밖에 없어 보인다.

농업에 종사하는 개인에게 일정한 소득(가칭 '농촌지킴이 수당')을 지급하는 것이 경쟁 엔진을 제어하는 하나의 방안이 될 수 있다. 국가 재정이 투입되어야 하는 일이니 국민적 공감대가 필요하고, 재원 확보나 지원 규모는 다양한 논의를 거쳐 시행해야 할 것이다.

농촌에서 일정 소득이 보장되면 귀농 인구는 늘어날 것이고 귀촌인도 귀농으로 전환할 것이다. 농촌이 경쟁으로 치닫는 상황을 멈추면 출산율은 오르고 기후 문제도 상당 부분 해결할 길이 열릴 것이다.

농사를 짓다 보면 재미가 있고 정서적 치유가 된다는 사실을 몸이 먼저 알아챈다. 농촌이 삶의 질과 가치를 구현할 수 있는 대안적 공간이 될 때 농사가 예술이 될 수 있다. 이런 상상을 하며 산다.

지속가능한 소농은 꿈인가

●

이상기온 현상이 잦다. 비가 내리면 한 달 내내 오고, 불볕더위가 몇 주 내내 계속되기도 한다. 봄과 가을은 언제인가 싶게 지나가고, 여름은 그만큼 길어지는 추세다. '덥다'라는 말이 무색할 정도로 지구가 끓는 듯하다.

기후변화는 산꼭대기에서부터 깊은 바다까지 영향을 미치지 않는 곳이 없다. 위성에서 촬영한 지구 사진을 보면 4월이 가장 불타는 듯 붉다. 기후에 대한 우려가 현실로 다가와 이제는 '기후 온난화 시대'를 넘어 '기후 열대화 시대'에 살게 되었다고 표현하는 것이 옳을 것 같다.

한여름인 7, 8월은 풀과 나뭇잎이 지구를 감싸 녹색을 띤다. 이에 비해 4월은 본격적으로 농사가 시작되는 계절이다. 농사를 짓기 위해 땅을 갈아엎으면 땅속에 잡아둔 탄소가 공기 중에 배출되어 지구를 뒤덮는다. 우리는 여름철에 더위를 느끼지만, 지구는 4월에 끓는다.

지구 열대화는 식량 체계와도 밀접하게 연관돼 있다. 인간 활동을 중심으로 식물과 동물을 기르는 데 발생하는 온실가스 배출량은 19%(빌 게이츠, 《기후재앙을 피하는 법》, 2021) 가량을 차지한다.

식량 체계를 주도하는 기업형 농업은 하나의 작물을 대량으로 재배하는 '단작화'를 선호한다. 단작화는 해를 거듭할수록 농약과 비료를 더 많이 사용해야 같은 양의 작물을 수확할 수 있다. 전 세계 산림벌채의 70% 이상이 단작화를 위한 농지 확장 때문이다. 습지와 숲을 제거하는 과정에서 토양 유기물이 불타 사라진다.

공장식 축산농가에서는 다량의 메탄을 뿜어낸다. 이처럼 기업형 농업은 기후재앙이라는 값비싼 대가를 치르고 식량을 얻는 구조다. 자본 논리와 규모의 경제가 작동하는 기업형 농업을 계속 유지한다면 기후위기는 가속될 것이다.

기르는 것에서 온실가스를 줄일 수 있는 해법이 있다. 땅을 살리면서 먹거리를 생산하는 지속가능한 농사다. 땅을 갈아엎지 않고 농약과 비료, 제초제를 사용하지 않는 농사를 말한다. 이런 농사는 규모의 경제가 작동하지 않는 소농에서나 가능한 일이다.

소농은 우리 선조들이 농사짓던 방식이다. 삶의 터전인 마을은 산의 위치와 물의 흐름, 바람의 방향 등을 고려하여 위치를 잡았다. 그렇게 해도 완벽한 땅은 없기 때문에 비보풍수(裨補風水)를 중시했다. 풍수형국의 상태를 보호하거나 향상시키기 위해 골막이로 당산나무를 심었고, 수구막이로 비보림을 가꿨다.

자연 자원을 이용하되, 서로 도와주고 보충했다. 땅을 어머니처럼 소중하게 생각하고 필요한 것은 땅에서 해결했다. 소나 돼지, 닭을 키우고 가축의 분뇨는 거름으로 활용했다. 소는 들판의 풀을 뜯으며 땅 기운을 온전히 받으며 자랐다. 자연의 흐름에 순응하는 삶이자 농사였다.

안수길(1911~1977)이 쓴 소설 《북간도》(1959~1967)를 보면 땅은 이랬다.

"쟁기나 보습, 괭이로 파 뒤집으면 시커먼 흙이 농부의 목구멍에 침이 꿀컥하고 삼켜지게 했다. 씨를 뿌리기만 하면 곡초가 저절로 쑥쑥 소리라도 들릴 듯이 자라 올라갔다. 거름이 필요할 까닭이 없었다."

이런 땅은 토양 유기물이 풍부하여 농약과 비료는 무용지물이다. 땅심이란 이를 두고 하는 말이다.

나는 텃밭에서 땅심을 살리고 있다. 땅은 필요한 경우만 괭이로 판다. 상추나 고추를 심은 곳에는 다음 해 당근, 생강을 심어 돌려 짓기한다. 친환경과 윤작을 통해 거두는 토란과 생강, 당근은 마을 여느 집 못지않게 수확한다. 땅심이 살아나면 자연 그대로 두어도 땅이 농사를 짓는다.

정원에서는 여러 종의 나무가 서로 어울린다. 한 종류를 대량으로 심지 않고 10그루 이내로 섞어 심는다. 매실나무와 살구나무, 석류나무, 모과나무가 그렇다. 과실수 밑에는 쑥, 머위, 냉이, 취나물이 자란다. 음식물 쓰레기는 예초한 풀과 나뭇잎을 섞어 발효시켜 활용하고, 농협에서 나오는 퇴비를 사용하여 땅심을 돋운다.

지속가능한 소농은 땅을 소중히 여겨 토양 유기물을 살리는 데서 출발한다. 4무 농업과 돌려짓기, 섞어심기가 핵심이다. 섞어 심으면 서로를 기다리고 의지하는 상보적 관계가 된다. 풀을 베어 땅에 덮으니 토양 유실을 막을 수 있다. 땅을 갈아엎지 않으니, 땅에서 탄소를 굳건히 잡는다.

하지만 이런 소농은 땅심이 살아날 때까지 작물이 고르지 않고 수확은 적다. 그것도 주위 사람들이 협업해야 가능하다. 그때까지 꿋꿋이 견디며 버티기가 쉽지 않다. 기다릴 줄 알아야 한다.

기후위기를 생각하면 어느 정도의 불편과 어려움은 감내할 수밖에 없다. 땅을 살리면서 먹거리를 생산하는 지속가능한 소농은 신념과 실행의 문제다. 나와 가족, 미래 세대를 생각하면 못할 것도 없다.

수소가 주목받는 이유

●

　세계 최초로 수소법(2021)이 제정돼 수소발전의무화제도가 시행되고 있다. 구체적으로는 차량 충전용 수소의 일정 비율을 그린수소로 혼합해야 하고, 대형건물 신축 시 에너지 사용량의 일정 비율을 연료전지로 공급해야 한다는 내용이 담겨 있다.

　정부는 수소를 통해 기후문제를 해결하고 수소경제로 전환하려는 취지에서 법제화했다. 수소경제는 수소를 에너지원으로 사용하는 경제·산업구조를 말하며, 법에 의거 수소충전소와 연료전지 설치를 강제할 수 있게 되었다.

　정부가 수소발전의무화제도를 도입하는 이유는 수소가 가진 잠재력 때문이다. 수소는 우주를 구성하는 물질의 75%를 차지할 정도로 무한한 자원이다. 수소에는 탄소(C) 원자가 들어 있지 않아 이산화탄소가 발생하지 않는다.

　제러미 리프킨(1945~)은 《수소혁명》(2020)이라는 책에서 사람들이 전기에 접근하지 못하면 아무것도 하지 못한다고 말하면서 값싸고 재생할 수 있으며, 누구나 접근할 수 있는 수평적 에너지 사용을 주장했다.

그는 미래 에너지원의 중심에 수소를 두고 세계 전역을 하나로 잇는 분산 전원 에너지 공급망의 구축을 제안했다. 수소는 산소나 탄소 등과 결합한 화합물 형태로 존재해 새로운 에너지원으로 주목한 것이다.

수소가 에너지원으로 사용되기 위해서는 화합물로부터 분리해야 한다. 이에 따라 수소 생산에는 많은 연료와 전기가 필요하고 그 과정에서 오염도 발생한다. 수소차는 연료전지를 이용해 전기를 생산하기 때문에 연료전지를 탑재한 전기차라고 할 수 있다.

우리나라는 2020년 기준으로 수소차의 경우 세계 판매 1위였고, 연료전지는 세계 보급량의 43%를 차지했다. 문제는 수소의 생산과 저장, 운송 기술이 미약하다는 것이다. 이런 기술적 한계로 수소에 대한 비관적 전망도 여전하다.

우리가 사용하는 수소의 60%는 석유화학이나 철강 생산공정에서 발생하는 부생수소다. 경제성이 있고 활용 잠재력도 크지만, 탄소를 배출한다. 온실가스를 배출하지 않는 재생에너지를 통한 그린수소의 생산 비용은 화석연료 기반 그레이수소보다 2.5배 이상 비싸다.

수소 분야에서 가장 앞선 독일은 국가수소전략에서 재생에너지를 기반으로 전기를 생산하고, 수전해를 통해 생산하는 그린수소만을 미래 지속가능한 에너지로 못박았다. 옳은 방향이고 모델로 삼을 만하다.

기후변화는 전 세계적으로 그린뉴딜과 탄소중립, ESG 경영을 강력하게 요구하고 있다. 탄소중립이라는 그린 혁명이 에너지 패러다임 전환의 핵심이며, ESG 경영을 하지 않고서는 기업의 생존이 어려운 환경이다.

수소 기술 발전에 따라 수소차가 상용화되고 선박, 항공기 등의 분야에도 이용될 수 있다. 연료전지를 통한 수소 발전이 석탄발전을 상당 부분 대체할 것이다. 수소는 기후문제 해결에 큰 잠재력을 가진 자원이다.

세계는 지금 어느 국가가 탄소 사회에서 수소 사회로 빠르게 전환하는가를 놓고 경쟁하고 있다. 수소는 머잖은 미래에 비즈니스 운영의 게임체인저(Game Changer)가 될 것으로 예상된다.

지구상의 모든 만물은 태양으로부터 에너지를 얻는다. 태양 에너지는 수소의 핵융합 반응의 결과물이다. 앞으로 수소의 생산과 저장, 운송에 대한 기술개발과 투자에 국가적 역량을 집중해야 하는 이유다.

수소 연료전지의 미래

●

　2020년 6월 10일 발표된, 독일의 국가수소전략은 전 세계 수소경제 확산에 불을 지폈다. 재생에너지를 통한 그린 수소를 확보하고 수소의 활용 범위도 전력 생산과 수송, 산업 등 전방위적으로 활용한다는 계획이다.

　2030년까지 생산과정에서 이산화탄소를 전 세계적으로 40퍼센트 줄이려는 규제가 논의됐다. 이에 따라 독일에 이어 미국과 영국, 싱가포르 등의 국가들도 수소경제를 탄소배출과 기후변화에 따른 우려를 해소하는 대안으로 인정하기 시작했다.

　우리나라도 국가 온실가스 감축목표를 발표했다. 2030년까지 탄소배출을 2018년 대비 40% 줄이겠다는 내용이다. 정부가 탈원전을 추진하면서 목표를 달성하기 위해서는 재생에너지 비중을 확 끌어올리지 않는 한 수소가 유일한 대안으로 보인다.

　충남 서산에 있는 대산그린에너지는 2020년에 세계 최대 규모의 발전 용량 50MW 연료전지발전소를 준공했다. 한화토탈 석유공장에서 원유를 증류할 때 나오는 나프타 공정에 고온의 수증기를 투입해 수소를 생산한다. 이렇게 생산한 수소는 지하 2킬로미터 배관을 통해 대산그린에너지로 공급해 전기를 생산한다.

수소 연료전지를 이해하려면 전기가 어떻게 만들어지고 저장되는지를 알아야 한다. 우리가 흔히 쓰는 건전지는 저장된 전기를 한 번 쓰고 버리는 1차전지다. 전기차에 쓰이는 배터리는 전기를 충전하여 쓰는 2차전지다. 이에 비해 연료전지는 수소 연료를 공급하면 전기를 지속해서 생산할 수 있어 3차전지라고 한다.

작동 원리도 건전지와 유사하다. 수소와 산소의 화학 반응으로 전기를 생산한다. 기본 구성은 음극과 양극, 전해질이며, 수소를 음극에 공급하면 수소는 수소이온과 전자로 산화된다. 수소이온은 전해질을 통해 양극으로 이동하고 산소와 반응하여 물을 생성한다. 이 과정에서 전자가 외부 회로를 통해 흐르면서 전기를 생산한다.

연료전지는 배터리보다 전기를 장기간 안전하게 저장할 수 있고, 방전 우려가 없다. 소음이 없고, 온실가스를 발생하지 않는 친환경 에너지원이다. 그래서 수소차, 연료전지발전 등 여러 분야에서 활용된다. 발전 효율은 42~60퍼센트로 석탄 발전 효율인 38~45퍼센트보다 높다. 부산물은 물뿐이다.

이런 장점에도 수소를 에너지로 활용하려면 몇 가지 해결해야 할 과제가 있다. 먼저 수소는 가연성이 있고, 기체 상태에서 저장이 어려워 운송, 저장, 충전 등 인프라가 뒷받침돼야 한다.

또한 깨끗한 수소 생산이 필요하다. 석유와 가스에서 추출되는 그레이수소는 이산화탄소를 배출한다. 반면 물을 전기 분해하여 만드는 그린수소는 이산화탄소를 배출하지 않지만, 고도의 기술과 많은 비용이 든다.

안전에 대한 국민 수용성의 문제도 있다. 수소 하면, 수소폭탄 같은 폭발을 연상한다. 과학적 사실보다 지역 주민이 어떻게 받아들이느냐가 중요하다. 연료전지발전소 건설에는 투명한 행정절차의 이행과 필요성에 대한 공감대가 이루어져야 하는 이유다.

컨설팅업체 맥킨지가 2020년 발표한 자료에 따르면 수소의 생산과 유통, 관련 설비 제조가 늘면서 생산 비용이 2030년에는 지금의 50% 수준으로 낮아질 전망이다. 이렇게 규모의 경제가 달성되면 수소는 기존 화석연료 에너지원에 밀리지 않는 가격경쟁력을 확보하게 될 것이다.

연료전지는 전력 생산과 건물, 공장, 철도, 선박, 항공기 등 활용 분야가 무궁무진하다. 어느 국가나 수소의 무한한 잠재력은 안다. 그렇지만 어느 국가나 수소를 잘 활용하는 것은 아니다. 연료전지의 미래는 국가수소전략에 달려 있다.

기후환경요금

●

'검은 코끼리(Black Elephant)'라는 말이 있다. 언젠가 엄청난 파장을 낳을 것이라는 걸 알면서도 해결하지 않는 문제를 가리킨다. 기후재앙의 전조들이 곳곳에서 일어나고 있지만, 우리는 필요한 규모와 속도로 문제를 다루지 않는다.

정부는 전기요금 체계 개편(2021)에서 기후환경요금을 도입했다. 신재생에너지 보급과 온실가스 감축 등 기후변화 관련 비용을 공개한 것이다. 이는 전기요금에 기후환경 비용을 단계적으로 반영하기 위한 조치로 보인다.

소비자들이 에너지를 사용하는 데는 비용이 따르고 이를 전환하는 데도 비용이 불가피하다는 것을 실감할 수 있도록 한 것이다. 기후환경요금은 더러운 에너지를 깨끗한 에너지로 전환하는 과정에서 발생하는 비용이다.

전기요금은 기본요금에다 전력량 요금을 합한 금액이다. 기본요금은 전기 생산에 필요한 발전설비 건설과 유지보수에 들어가는 고정비이고, 전력량 요금은 소비자가 사용한 전력량에 해당하는 요금으로 변동비에 해당한다.

종전의 요금체계가 기본요금과 전력량 요금으로 구성했다면, 변경된 요금체계는 기본요금과 전력량 요금, 기후환경요금으로 세분해 고지하고 있다. 전기요금을 당장 인상하지 않으면서 전력량 요금에서 기후환경 비용을 분리해 표시하고 있다.

제도를 도입하던 당시 기후환경요금 단가는 kWh당 5.3원이었다. 세부적으로는 신재생에너지 의무이행 비용 4.5원과 온실가스 배출권 거래비용 0.5원, 미세먼지 계절 관리제 시행에 따른 석탄발전 감축 비용 0.3원이다. 기후환경요금은 전기요금에서 4.9% 수준을 차지한다.

그동안 전기요금은 뭉뚱그려 제시되어 이해하기 어려웠다. 전기요금에서 기후환경 비용을 분리해 고지함으로써 신재생 보급과 온실가스 감축을 통해 '검은 코끼리'의 출현을 늦추기 위한 제도적 장치라 할 수 있다.

전력시장은 연료비가 낮은 발전기 순으로 가동하는 구조다. 연료비가 가장 낮은 원자력을 가동하고 석탄, 가스발전이 뒤를 잇는다. 한전 통계에 따르면 환경비용이 높지만, 연료비가 낮은 석탄발전량 비중이 40%가량을 차지한다. 환경비용을 고려하면 석탄발전의 가격경쟁력이 떨어져 발전량은 줄고, 미세먼지와 온실가스 배출량을 감소시키는 효과가 있다.

이러한 상황에서 기후변화 대응을 위한 관건은 신재생에너지 발전단가를 화석연료 발전단가 이하로 낮추는 기술혁신에 달려 있다. 그때까지는 비용이 많이 드는 신재생에너지 보급 확대와 늘어나는 배출권 거래비용을 감당할 수밖에 없다. 국회 예산정책처 자료에 따르면 이런 요소들을 고려하면 매년 1.45~4.12% 정도의 전기요금 인상 요인이 발생할 것으로 예측했다.

앞으로 전기요금에는 기후환경 비용 변동분이 점진적으로 반영될 것이다. 기후환경요금이 인상되면 전기요금도 이에 연동하여 오른다. 이처럼 기후변화 시대에 살아남는 방법은 적응하는 길밖에 없다.

'검은 코끼리'의 출현을 막기 위해서는 전기 사용에서도 기후환경 보호라는 가치관에 걸맞은 소비가 주목받을 것이다. 소비자는 전기 사용을 줄이거나 태양광 패널 설치 등 스스로 해결하려는 노력을 기울여야 한다. 그렇지 않으면 비싼 전기요금을 감당할 수밖에 없다.

꿈의 에너지, 전기와 테슬라

●

　우리는 전기와 사랑에 빠졌다. 하지만 사랑에 빠진 사실조차 깨닫지 못한다. 전기는 우리 곁에서 가로등과 에어컨, 컴퓨터, TV를 작동하게 해준다. 산업 시설이 정상적으로 가동하는 것도 전기의 힘이다. 전기는 물이나 공기와 같이 우리가 사는 데 없어서는 안 될 필수재다.

　전기의 작동 원리가 과학적으로 규명된 것은 19세기부터다. 그 중심에 크로아티아 출신의 전기공학자 니콜라 테슬라(1856~1943)가 있다. 그는 누구든, 어디서든 필요할 때는 무제한으로 전기를 쓸 수 있는 장치를 발명하는 데 일생을 바쳤다. 전기를 활용하여 사람들이 고된 육체노동의 사슬에서 벗어나 평화와 번영을 누릴 수 있길 기대했다.

　테슬라가 전기와 인연을 맺은 것은 어릴 적 고양이 등을 쓰다듬다 손길을 따라 불꽃이 일어나는 체험을 하면서부터였다. 그 후 날마다 "전기란 무엇인가?"를 자문했다. 자연 현상에서 발명에 바탕이 될 원리를 발견하려 했고, 이에 따라 작동하는 장치들에 그의 철학과 이상이 드러나길 갈망했다.

우리가 쓰고 있는 교류 전기는 그의 발명품이다. 교류 전기가 안전하다는 것을 입증하기 위해 자기 몸에 25만 볼트의 전기가 흐르게 하는 환상적인 시연도 했다. 교류 발명은 전기의 대량 생산과 보급을 가능케 하여 전기를 생산하고 소비하는 토대를 마련했다. 교류 모터는 가전제품, 산업체의 기계류, 컴퓨터의 하드디스크 등을 구동하게 한다.

깨끗한 전기만 있다면 연료를 얻기 위해 이산화탄소를 배출하지 않아도 된다. 전기차, 전기자전거는 물론 집과 사무실의 냉난방 시스템, 그리고 공장에서 제품을 만들 때 석유나 천연가스 대신 전기로 대체하여 사용할 수 있다. 이를 전기화(電氣化)라고 한다.

전기화는 테슬라의 꿈과 철학을 현실적으로 구체화하는 일이다. 전기화는 에너지 소비의 최종 단계에서 화석연료 기술을 전기기술로 대체하는 것으로 냉난방과 온수, 취사 등 다양한 분야에서 전기화가 가능하다.

예를 들어 주택의 전기화란 주택에서 에너지 소비를 모두 전기로 한다는 뜻이다. 프린스턴대학교 연구에 따르면 현재 미국 전체 에너지의 20%를 차지하는 전기에너지가 2050년에는 50%로 늘어날 것으로 전망했다.

현재 전 세계적으로 전기의 40%는 화석연료에 의존한다. 태양광과 풍력은 7% 수준이다. 기후변화 대응을 위해서는 화석연료를 신재생에너지로 대체하는 에너지전환이 핵심 과제가 되었다.

에너지전환을 추진하면서 동시에 전기화를 추진하는 것이 바람직한 방향으로 보인다. 교통과 운송, 냉난방, 취사 등에서 전기화가 이루어지면 전기는 기후변화 대응에서 50% 이상을 담당하는 셈이다.

전기는 기후변화 대처에 중심축 역할을 할 것이다. 전기는 항상 필요하지만, 재생에너지원인 햇빛과 바람은 간헐적이다. 현재 기술로는 깨끗한 전기에 다가갈수록 간헐성은 더 크고 값비싼 비용 문제가 발생한다. 이는 송배전설비를 갖춰야 하는 문제로 전기요금의 3분의 1 수준을 차지한다. 햇빛과 바람이 가지는 간헐성 문제를 전기화가 보완해 준다.

이를 위해서는 전기의 그린 프리미엄을 낮출 수 있는 기술개발과 혁신이 필요하다. 그린 프리미엄은 태양광과 풍력을 포함해 온실가스를 배출하지 않는 방식으로 전기를 생산할 때 우리가 추가로 내야 할 비용이다.

전기의 그린 프리미엄과 전기화는 더 빨리 더 현명하게 추진할수록 기후문제 해결은 더욱 앞당겨질 것이다. 그때까지는 전기가 주는 편리함과 쾌적함에 상응하는 비용을 부담해야 한다. 희생 없는 사랑이 어디 있겠는가. 우리는 전기와 더 깊은 사랑에 빠질 숙명에 놓여있다.

니콜라 테슬라는 친환경적인 전기공학자였다. 과학과 기술의 발전이 어떠해야 하는지를 보여주는 모델이다. 그는 인간이 고된 육체의 노동에서 벗어나 세상을 살기 좋은 곳으로 만들려 했다.

전기를 값싸고 편리하게 사용할 수 있는 것도 그의 연구와 노력 덕분이다. 인공태양 같은 수소 핵융합을 통한 꿈의 에너지를 활용할 수 있는 영감도 주었다. 테슬라는 에너지 위기 때마다 소환되는 무한 에너지의 영웅이다.

현재의 기후위기를 극복하기 위해서는 니콜라 테슬라가 보여준 노력과 전환적 사고를 인류 구성원 모두가 보여주어야 한다.

몽골에서 기후위기 해법 찾기

●

　몽골을 생각하면 넓은 초원과 칭기즈칸(1162~1227)이 먼저 떠오른다. 세계를 호령하던 때가 있었고, 가도 가도 끝이 없는 초원의 나라다. 그런 몽골이 세계에서 공기 오염이 가장 심한 나라 중 하나다. 수도 울란바토르는 세계에서 5번째로 미세먼지 농도가 높다. 끝없는 지평선을 향해 말을 달리며 세계를 호령하던 국가가 어쩌다 이 지경에 이른 것일까.

　몽골은 지정학적 위치로 북극 다음으로 지구온난화 영향을 직접 받는다. 몽골 사막화연구소는 기후변화 영향으로 지난 70년간 평균기온이 2.1℃ 상승했다고 밝혔다. 100년간 지구 평균기온이 1℃ 상승한 것에 비하면 무려 2.5배가량 빠른 속도로 상승한 것이다. 한반도 면적의 7배에 달하는 광활한 몽골에서 78%가 사막화되고 있다. 기후재앙 수준이다.

　이에 따라 유목민은 초지를 잃고 수도 인근으로 몰려 게르 촌을 형성했다. 울란바토르는 인구 50만 명을 예정하고 설계한 계획도

시였다. 그러나 현재 몽골 인구 338만 명(2022, 통계) 중 절반 가까운 160만 명이 수도에 운집해 산다.

시 외곽 20여만 개의 게르는 정부 정책이 개입하기 힘든 사각지대다. 시내에 화력발전소가 있지만 게르촌 일부는 전력을 공급받지 못하고 있다. 설령 전력이 공급되더라도 가난한 형편에 현실적으로 전기요금을 감당할 수 없어 보인다.

게르촌에는 전력뿐만 아니라 급수, 난방 등 사회 인프라도 갖춰져 있지 않다. 최근까지 값싼 생 석탄과 폐타이어, 쓰레기를 태워 난방하는 모습을 어렵지 않게 볼 수 있다. 영하 40℃가 넘는 겨울 한파가 몰아닥치면 살기 위해 그렇게 하는 수밖에 없다.

몽골 대기오염의 배출원은 게르촌에서 발생하는 난방과 취사가 80%, 차량 10%, 기타 발전소 등에서 10%를 차지한다. 대기오염 물질의 80%를 배출하는 게르촌 오염 문제가 가장 해결하기 힘든 과제다. 시내에 들어서면 앞이 뿌옇고 눈이 따가우며 목이 칼칼하다. 겨울철엔 몇 배 더 심하다.

몽골은 우리나라로 불어오는 황사의 발원지이기도 하다. 몽골 전역에서 발원한 황사 바람이 중국 고비사막과 네이멍구(내몽골) 고원을 거치며 미세먼지까지 안고 온다. 기상청 통계(2014)에 따르면 우리나라에 영향을 미치는 황사의 51~71%가량이 몽골과 관련이 있다. 봄이 오면 황사도 함께 온다. 몽골의 기후문제는 남의 일이 아니다. 몽골과 우리는 호흡공동체다.

그동안 몽골 정부는 생 석탄 사용을 금지하고, 가공 석탄 사용을 유도하며 보조금을 지급함으로써 시중 가격보다 싸게 공급했다. 하지만 온실가스 저감과 울란바토르 대기오염 완화에 얼마나 기여했는지는 미지수다. 국제기구에서도 뚜렷한 대안을 아직 찾지 못하고 있다.

이런 중에 기후위기 대응을 사명으로 국제개발 협력에 힘쓰고 있는 (사)푸른아시아에서 사막화 방지를 위한 나무 심기 활동을 벌이고 있다. "나무 한 그루를 심으면 천 개의 복이 온다."라는 몽골 속담도 푸른아시아와 협력하며 알게 되었다. 푸른아시아는 몽골의 기후위기 대응을 위해 지자체, 기업, 기부자들과 함께 몽골 현지에 나무를 심고 있다.

내가 자문위원으로 있는 회사도 3년째 나무를 심었다. 2020년에도 협력사와 같이 참여할 계획이었지만 코로나19로 보류된 바 있다. 회사에서는 몽골을 오가며 기후문제에 관심을 두고 해결책을 찾고자 노력하고 있다. 일명 〈몽골 저탄소 마을 구축을 위한 그린게르 사업〉이다. 나무 심기 봉사활동과 함께 태양광 발전설비를 갖춰 게르 내 온실가스 감축을 이루려는 시도다. 이 프로젝트는 푸른아시아와 난로업체 등과 협업을 통해 다음과 같은 사업을 진행한다.

첫째, 개량 난로다. 난로를 개량하여 석탄 대신 몽골에서 풍부한 재생에너지원인 나무 펠릿(바이오매스)을 활용하여 비용을 줄이고 온실가스를 감축시키려는 것이다.

둘째, 난로에서 데운 물을 이용하여 온수매트로 바닥 난방을 한다.

셋째, 태양광 에너지로 전기를 생산하여 게르 내 조명, TV, 냉장고, 공기 순환 팬을 작동한다.

넷째, 센서를 부착하여 미세먼지, 이산화탄소 등 오염물질 발생 정도를 계량하는 시스템을 갖추는 사업이다.

추진 모델은 4개 형태의 게르를 2세트로 한다. 네 가지 형태는 현 게르 유지, 게르에 개량 난로 설치, 게르에 태양광 설치, 게르에 개량 난로와 태양광 동시 구축이다. 이렇게 구성하는 것은 각각의 게르에서 발생하는 미세먼지, 이산화탄소, 일산화탄소 등을 클라우드 기반으로 수집하여 모니터링하기 위해서다.

2020년에 계획을 세웠고, 2021년에는 본격적으로 사업을 진행할 계획이었다. 몽골에서 구매가 어려운 자재는 우리나라에서 구매하여 항공편으로 보내고, 푸른아시아 몽골지부에서 시스템을 설치할 것이다. 첫해에는 게르 8개를 대상으로 추진하지만 대기 오염물질 감소 효과가 입증되면 확대하여 적용할 계획이다.

몽골의 아르갈란트 '미래를 가꾸는 숲'에서 조림 활동을 하고 게르에서 지낼 때다. 8월인데도 어찌나 춥던지 밤잠을 설쳐 새벽녘 밖에 나와 쓴 메모다.

끝없는 초원 위로 바람은 거침없다.

먹구름이 몰려오면 인간이 작아지는 순간이다.

저 멀리 어워가 흐릿하게 보이고

새도 날기를 힘겨워한다.

게르는 내리쬐는 뙤약볕을, 바람과 추위를 막아주는 피난처다.

양, 말, 소와 함께 초원을 누비는 사람들은

변명이나 이유가 없다.

그저 살아갈 뿐이다.

테를지국립공원에서 본 밤하늘을 잊을 수 없다. 게르촌은 고요했고 무수히 많은 별이 손닿을 듯 가까이 있었다. 육안으로 북두칠성, 카시오페이아, 오리온 등 별자리를 헤아려 보다 망원경으로 목성과 토성을 확인할 때는 태곳적 세계에 와 있다는 느낌이 들었다.

봄이 오면 우리나라 미세먼지는 어김없이 '나쁨'이나 '매우 나쁨'이다. 앞이 뿌옇고 호흡이 곤란하다. 몽골에서 경험한 초미세먼지와 다르지 않다. 마치 울란바토르의 공기를 우리나라에 옮겨 놓은 것 같다.

회사에서 푸른아시아와 함께 하는 작은 시도들은 소중하다고 본다. 나무가 자라고 그린게르 사업이 결실을 맺어 게르민이 다시 초원을 누비는 날을 기대한다.

좋은 삶과 사회 – 칼 폴라니를 생각한다

●

기존의 관념들을 거부하고, 사람들의 마음을 집요하게 뒤흔들어 그들의 인식을 바꾸려 했던 사람들이 있다. 칼 폴라니(1886~1964, 오스트리아)도 빼놓을 수 없는 인물이다. 좋은 삶과 사회를 이루고자 고심했다. 그의 이러한 이미지를 아내 일로나 폴라니는 '비판의 초석이 되는 걸림돌(Skandalon, 스칸달론)'이라고 했다.

우리 삶에서 '어떻게 사는 것이 좋은 삶인가?'라는 문제는 근원적이고 철학적인 물음이다. 2500여 년 전 아리스토텔레스(기원전 384~322)는 인생에서 추구해야 할 가치를 자아실현적 관점에서 제시했다. 일상에서 미덕을 최우선으로 추구하고, 그런 후에 안녕이나 행복을 뜻하는 '에우다이모니아(Eudaimonia)'를 추구해야 한다고 했다. 좋은 삶이란 의미와 진정성, 탁월성, 자아 성장을 추구하는 것이고, 개인이 이런 삶을 살 때 좋은 사회가 된다고 봤다.

사회철학자 폴라니는 좋은 삶과 사회를 탐색 시행하는 데 있어 경제가 차지하는 위치의 문제에 천착했다. 왜냐하면 우리 시대의 고삐 풀린 시장과 여기에 포획된 사회, 그 속에서 불안에 떨며 살아가는 인간의 삶을 제자리로 돌려놓으려 했기 때문이다.

이런 문제의식을 품게 된 배경은 1차 세계대전(1914. 7. 28~1918. 11. 11)에 참전해 전쟁의 참상과 무의미함을 목격하면서부터였다. 그때부터 인간의 고통과 불행의 근원은 어떤 것이고, 그 해결책은 무엇인가에 대한 해답을 찾고자 했다.

그는 문제의 근원을 18세기 영국의 산업혁명에서 찾았다. 산업혁명에 따른 인간의 공포를 윌리엄 블레이크(1757~1827, 영국, 시인)의 시에 나오는 '사탄의 맷돌(Satanic Mill)'에 비유했다. 그는 인간을 맷돌에 돌리듯이 찍어내는 시장 사회와 이를 뒷받침하는 주류경제학(돈벌이 경제학)의 대척점에 섰다. 시장체제는 인간의 영혼과 인격을 부정하고 단지 산업사회의 균형과 조정이라는 기능을 위하여 수나사와 암나사로 여길 뿐임을 간파했다.

그러면서 시장 자본주의와 인간 사이의 모순을 해결하는 대안으로 실체적 경제학을 제창했다. 책《인간의 살림살이》에서 사회에 뿌리내린 경제의 위치와 작동 방식을 고스란히 담았다. 실체적 의미의 경제는 인간이 필요로 하는 물질적 수단을 조달하는 행위로서 인간의 살림살이를 가리킨다. 그의 관심은 돈벌이 경제학의 효율성보다는 인간의 욕구 충족에 두었다.

이런 실체적 경제학을 수립하는 데 영향을 준 이론적 근거로는 첫째, 카를 멩거(1840~1921, 오스트리아제국, 경제학자)의 경제 개념이다. 멩거는 경제를 인간이 가장 알뜰한 선택을 하는 것과 인간이 필요로 하는 물적 수단을 조달하는 행위로 구분했다. 폴라니는 경제의 두 가지 기본방향을 좋은 경제의 이론적 초석으로 삼았다.

둘째, 아리스토텔레스의 견해다. 경제가 사회에서 차지하는 위치의 문제를 최초로 제기한 사람이 아리스토텔레스였다. 그는 경제란 생활필수품을 확보하는 제도화 과정이며 공동체, 자급자족, 정의가 핵심 개념이라고 봤다. 폴라니는 이 견해를 실체적 경제학의 핵심으로 수용했다.

셋째, 막스 베버(1864~1920, 독일)의 영향이다. 베버는 합리성을 실체적 합리성과 형식적 합리성으로 구분했고, 자본주의는 합리성 간의 근본적 긴장이 내재한다고 봤다. 이러한 합리성 간의 긴장을 폴라니는 시장화와 이에 따른 사회의 자기 보호라는 이중 운동의 논거로 삼았다.

그 외에도 폴라니는 경제사와 인류학을 광범위하게 추적하여 이론을 정교하게 다듬었다. 경제적 거래가 출현한 것은 부족사회에서 고대사회로 이행하면서부터였고, 계획경제와 시장의 요구를 조화시키는 사례는 고대 그리스에서 찾았다.

기원전 5세기에 교역과 화폐, 시장이라는 제도의 결합 방식은 지역에 따라 달랐으나 폴리스에 의한 재분배 형태가 압도적이었고,

호혜와 교환의 형태가 보완적 역할이었음을 밝혀냈다.

이처럼 역사적으로 형식적 의미의 경제는 시장경제에 한정하여 작동하는 특수한 상황이었고, 실체적 의미의 비시장경제가 보편적이었다. 국가나 시장은 사회라는 실체가 필요로 하는 기능을 수행하기 위한 제도에 불과했다.

그러나 산업혁명과 시장경제의 출현에 따라 지난 300년간 실체적 경제는 시장경제와의 연관 속에서만 포착되는 하부구조로 전락했다. 두 개의 서로 다른 경제의 위치가 완전히 역전되었다. 폴라니는 이런 현실을 개탄하며 인간의 삶을 제자리에 돌려놓으려 했다.

폴라니 경제학은 그동안 돈벌이 경제학에 밀려 주목받지 못했다. 돈벌이 경제학이 지금처럼 계속된다면 인간의 자유와 행복, 자연 생태계는 물론 인류의 생존마저도 근본적인 위협에 직면할 것이다. 그가 주목받게 된 것은 인간의 욕망과 경제, 인간다움 간의 미묘한 관계에 대해 탁월한 통찰과 대안을 제시했기 때문이다.

실체적 경제학이 가지는 함의는 경제라는 관점을 재정립하여 충분함의 기준을 바로 세우는 일이고, 사회라는 실체를 제대로 발견하는 일이다. '돈은 아무리 많아도 충분하지 않다'라는 돈벌이 경제보다는 '무엇이든 부족하지 않으면 충분하다'라는 살림살이 경제에 우선 가치를 두는 일이다.

이를 위해서는 국가와 시장이 사회라는 실체와 인간의 존엄이라는 목적에 복무할 수 있도록 우리 각자가 스칸달론이 되어야 한다. 그때 비로소 인간과 자연을 바로 보고 끌어안을 수 있는 길이 열릴 것이다. 개인은 행복을 추구하고, 사회는 느슨한 연대를 통해 건전한 공동체가 이룩될 것이다. 인간의 살림살이가 좋은 삶이 되는 사회를 말이다.

글이 글을 쓰는 순간

●

글을 쓴다. 글쓰기가 삶의 중요한 악기 중 하나가 되었다. 삶은 교향악이다. 하나의 악기로 연주되지 않는다. 글을 쓰는 것은 다른 악기들의 연주를 빛나게 하고 돕겠다는 의미이다.

성재여행이 하나의 생명체로 구성되어 있지 않듯이, 여러 소중한 생명들이 서로 조응하고 있듯이 글쓰기는 '조응(照應)의 거울'이 된다. 서로 다른 생명들이 오롯한 삶을 살도록 북돋워 준다.

나는 글을 써가면서 생각이 형태를 갖추는 사람에 속한다. 글쓰기를 소중한 가치로 생각하고, 글에서 나 자신을 발견한다. 글을 쓰면서 한 번 더 살고 있다는 느낌이 들고, 쓴 글처럼 살려는 경향도 있기 때문이다.

무한한 내면의 세계가 경이롭지 않은가. 내가 알지 못하는 것, 미처 생각지 못했던 것을 끄집어내 글로 쓰고 싶은 욕망이 있다. 내면의 세계를 탐험한다는 생각으로 글쓰기의 오디세이를 한다. 삶의 여정에서 글쓰기만 한 동반자가 없다는 생각에서다.

무슨 말을 해야 할지 막막할 때 처음 한 마디가 터지면 다음 말이 이어짐을 경험한다. 글쓰기도 이와 다르지 않다고 본다. 무엇을 어떻게 써야 할지 막막할 때 한 단어나 문장을 쓰면, 그 단어와 문장이 다음 단어와 문장을 이끈다. 바다에서 배의 항로가 있는 것처럼 쓴 글이 글의 방향을 정하고 이끄는 속성이 있다.

성재여행은 무언가를 하면서 글로 쓸 수 있는 공간이다. 산과 물, 나무, 꽃이 있고 새와 나비, 지렁이, 고라니, 멧돼지가 더불어 산다. 개인 ESG 활동을 통해 개인이 할 수 있는 기후변화의 파수꾼이 되는 일이다.

그동안 나만의 방식으로 글을 써왔다. 어떤 문제나 소재가 있으면 현상과 문제점을 살펴보고, 해결 방안과 예상 효과를 제시하는 글이었다. 회사에서 보고서를 쓰는 것과 같은 문제해결식 글이라 할 수 있다.

하지만 이런 글에는 내가 없고 문학적이지 않다는 한계가 있었다. 사건이나 서사 같은 큰 줄기를 잡고 그와 관련한 경험을 중심으로 글을 쓰다 보니, 물줄기가 굵어 물의 흐름을 돌리기가 어려웠다. 문학이나 미학은 미세하고 섬세하게 일어나는 감각적·심리적 영역인데 말이다.

문학은 세상과 사람에 관한 것이고, 다른 사람들에게 내가 품고 생각한 이야기를 하는 행위다. 우리 안에서 잠자코 있던 무언가를 깨뜨려 우리 자신 속의 넓디넓은 공간을 열어 보이는 일이다. 삶이 의미 있고 소중하며 인생에서 중요한 것과 연결되어 있다는 사실을 깨닫게 한다. 결국 글쓰기는 과거와 현재, 미래에 대해 내 삶으로 답하는 일이다.

나름의 미학과 시학, 철학이 깃든 글을 쓰고 싶다. 나비가 번데기에서 변신하듯 글쓰기에서 변신을 요구한다. 일상에서 마주하는 사물의 억양과 움직임에 주목한다. 기후변화 시대에 정원에서 하는 일들이 글감이 되고 있다.

글은 한자리에 앉아 단숨에 쓴다. 한 사건이나 사물을 놓고 그것을 통해 서사와 무늬를 만든다. 사물이 사건이나 인물과 어떤 관계를 맺고, 그것이 시간과 공간 속에서 어떻게 연결되고 변화되는지를 따라간다. 한자리에 앉아 하나의 주제를 생각나는 대로 쭉 밀고 나가면, 쓴 글이 다음 글을 이끈다. 글이 글을 쓰는 순간이 온다.

마치 피아노 연주에서 손이 악보를 연주하듯 손이 문자를 만들어 낸다. 손이 나름의 기억과 사고를 하는 것 같이 손이 움직이는 대로 따라가다 보면 미처 의식하지 못하고 생각지 못했던 것들이 솟구친다. 밋밋하게 흘러가던 수평적 시간이 높이와 깊이를 가진 수직적 시간과 닿는다. 이때 손이 말하는 것을 받아 적는다.

어떤 글이 되어야 하는 지는, 브라이언 딜런(1969~)의 말에 공감한다. "잘 쓴 글은 거미줄과 같아서 밀도가 높고 구심적이며 투명하고 자연스럽고 견고하다. 그런 거미줄은 모든 것을 끌어당긴다. 거미줄 사이로 황급히 빠져나가려던 은유는 영양가 높은 먹이가 된다. 글의 소재가 자처하여 날아들기도 한다."라고 책 《에세이즘》에서 주장한 것처럼. 거미줄이 가지는 그 아슬아슬한 필살의 장력을 글을 쓰며 느껴보고 싶다.

장자 〈제물론〉에도 "장자가 나비가 된 꿈을 꾸었다. 나비가 되어 깨어났지만, 자신이 나비가 되는 꿈을 꾸었는지, 나비가 장자가 되는 꿈을 꾸었는지 알 수 없었다."라는 이야기가 나온다. 장자가 보는 세계는 모든 사물이 서로 얽히고설킨 관계, '나'가 '너'가 되는 꿈같은 세계다. 잔디밭에서 풀을 뽑다 나를 잃은 상태라고나 할까.

일하는 틈틈이 책을 읽다 시를 읊는다. 그런 때면 세계와 삶도 시적 논리로 보아야 제대로 포착할 수 있다는 생각이 내려앉는다. 시적 논리는 세계와 현실을 보는 가장 따뜻한 인식이자 삶의 원리에 가장 가까운 태도라고 믿기 때문이다.

우리 삶도 복잡하게 얽히고설켜 있다. 현실과 꿈 사이로 스며드는 시적 순간을 내리쓰기 기법으로 포착해 이 세계의 어느 자리에서는 주인공일 모든 사물의 이야기를 대신 말하게 할 것이다. 누가 알겠는가. 나를 잃고 '나비가 된 글'이 될지, 아니면 '나비가 쓴 글'이 될지.

억양을 읽는 사람

고산에 가면 만경강으로 들어가는 고산천 좌우로 갈대밭이 펼쳐져 있다. 찾아간 때가 늦은 봄에서 가을 사이라면 갈대 끝을 단단히 붙잡고 울고 있는 개개비를 만날 수 있다. 그 울음을 신중하게 들은 사람이라면 울음이 들리는 때마다 다르다는 것을, 언어라는 것을 깨달을 것이다.

귀를 더 기울이면 다른 소리도 들려올 테고, 소리마다 높낮이가 다르고 소리가 흘러가 닿는 거리가 다르다는 것, 하나의 존재가 내는 소리도 때마다 다른 파동을 만들어낸다는 사실을 알게 될 것이다.

흐르는 물의 세계와 물이 흐르도록 허락한 땅의 세계, 땅과 물이 만나 이룬 강변의 세계, 그 세계들의 만남을 지켜보며 역사를 구술하고 있을지도 모르는 개개비를 만나러 갔을 때 마침 강변을 걷고 있는 누군가를 만난다면 그이가 윤재경 작가일 수도 있다.

윤재경 작가는 고산천 건너편의 산자락 동네 성재리에서 나고 자랐고 한참 동안 세상으로 나갔다가 돌아와 성재리를 지키고 있으니 해마다 고산으로 돌아오는 개개비의 울음과 돌아오거나 지키고 있는 다른 숱한 소리를 들었을 것이다.

세계를 구성하는 사물은 색, 형태, 형질의 3요소를 품은 구성체로 정의할 수 있다. 그것만으로 사물을 '존재한다'고 규정할 수는 없다. 품은 형질이 발현되어야만, 작동해야만 비로소 사물은 존재하는 것으로 인정받을 수 있다. 그 작동 중의 하나가 소리이고, 때마다 다른 발현이 억양이다. 소리뿐이 아니다. 색과 형태의 변화도 작동이고 억양이다.

윤재경 작가는 오랫동안 고향을 떠났다가 돌아와 특별한 공간을 꾸리며 그 과정을 글로 기록했다. 돌아온 이후의 시간만을 기록한 것이 아니라, 현재를 있게 한 과정을 함께 꾸렸다.

그렇게 탄생한 《다른 억양 읽기》는 윤재경 작가가 관계를 맺은 공간, 시간, 사람의 연대기적 서사에 머물지 않는다. 색과 형태의 변화로 감지되는 공간과 시간의 변화, 사물의 변화를 깊이 들여다본 증거들이 곳곳에서 발견된다. 존재가 작동하는 과정을 세심하게 지켜보지 않고서는 가능하지 않은 일이다.

그가 발견하고 구분한 정원과 안수산, 고산의 색과 형태의 변화, 그가 듣고 주목하고 감지한 모든 소리가 사물(생명체)이 자신의 작동을 세계에 드러내는 억양이고 진폭이다. 억양은 정지상태에서는 알 수 없다. 삶의 억양은 존재가 작동해야만 비로소 확인할 수 있다. 윤재경 작가는 관계를 맺은 존재들의 정물화를 그린 것이 아니라 살아 움직이는 이야기를 채록했다.

　윤재경 작가는 문화적 풍경이 압도하는 공간에서 태어나고 자란 후에 문명적 풍경이 압도하는 공간에서 오랜 기간 직장생활을 했다. 그는 20세기 이후의 문명과 문화를 특징 짓는 '첨단 기술 문명'이 탄생할 수 있는 근원이 된 전기와 그 시간을 보냈다. 전기를 생산하는 근원적 물질은 물, 불, 태양이지만 근원적 물질에서 전기로 바뀌고, 바뀐 전기가 상상의 극단에까지 이르는 사물과 작동 체계를 만들어내는 것이 어떤 의미인가를 지켜본 증인이다.

　그런 그가 문명적 풍경을 떠나 문화적 풍경으로, 땅으로 돌아왔다. 어쩌면 현격한 거리가 있을 두 풍경 사이의 일과 소회를 담은 것이 바로《다른 억양 읽기》다. 차이가 큰 두 풍경을 하나의 책에 담는 일은, 끊어지지 않는 실을 구해 두 풍경 사이를 단단하게 연결하는 일은 분명 쉽지 않았을 것이다.

　시집이든, 수필집이든, 단편을 모은 소설집이든 선집에 들어가는 글은 모자이크다. 색과 소리가 다른 한 편 한 편의 글이 하나둘 책 안으로 들어가 벽돌로 자리를 잡으면 그 글은 의미가 다르게 읽힐 수도 있고, 두 개의 의미를 품고 있다는 것이 밝혀질 수도 있다. 그렇게 집을 이룬다.

모든 경우가 그렇지는 않다. 잘 쓰인 글이라고 생각되었지만, 생뚱맞은 분절로 다른 이야기들과 맥락을 이루지 못하는 글들도 있다. 집을 흔드는 잘못 구워진 벽돌임이 드러나고 만다. 글을 쓴 이의 삶과 글이 깊은 내연을 이루지 못했기 때문이다.

반대로 뭔가 좀 엉성하고 전혀 다른 색과 목소리를 지닌 글이라는 느낌을 주었지만 정작 책 안에서는 다른 글들과 맥락을 이루고 자연스럽게 느껴지는 글들도 있다. 자연미를 더하는 벽돌이라는 사실이 밝혀진다. 삶과 깊은 내연을 이룬 글이기 때문이다.

윤재경 작가의 글 한 편 한 편도 모자이크다. 잘 구워진 모자이크다. 형태와 색, 소리가 조금씩 다른 모자이크들이지만 아귀를 맞춰가며 큰 그림을 그려내고 있다. 글들 밑에 은밀하게 깔아둔 깊은 뿌리, 내연이 그 일을 만들어냈을 것이다.

《다른 억양 읽기》는 4부로 구성되어 있다. 윤재경 작가가 구성한 4부는 삶을 구성하는 존재들과의 만남을 의미 있는 맥락으로 만든 이야기의 모음집이다. 그는 생의 시기마다 세계를 다르게 만났다. 그런 만남의 시간이 품은 서로 다른 억양을 읽어내는 것으로 세계와의 만남을 드러내려고 애썼다.

나누어진 각 부는 각각의 특색을 지니고 있다. 한 권의 책을 이루는 일에 대해 일정한 관통을 요구하는 것으로 따지자면 징검돌 사이의 거리가 멀다고 느낄 수도 있다.

　한 권의 이야기지만, 윤재경 작가는 긴 이야기를 썼다. 공간, 시간, 자연 사물, 사람의 네 개의 세계를 이야기했고, 그 세계들을 관계의 그물로 이어놓았다. 그물 속에 든 징검돌 사이의 간격이 멀어 묘한 형태망(網)을 이루었다고 느껴지는 것은 그 때문이지만, 단단하고 분명한 맥락이 있다. 같은 샘에서 흘러나온 물을 조금이라도 다르게 생긴 그릇에 담는 것은 쉽지 않다.

　윤재경 작가가 말하는 세계는 사물적이기도 하고, 비사물적이기도 하다. 그래서 가시적이기도 하고 비가시적이기도 하다. 그 사이를 관통하는 것은 존중과 따뜻함이다. 그는 공간을 존중하고 시간을 존중하고 생명을, 사물을, 위치를, 변화를, 관계를 존중한다. 모두를 따뜻하게 존중한다.

　한 사람이 생각하는 세상은 물리적, 사상적, 감성적 세계를 따로 갖는다. 그 차이가 불통을 일으키고 세계를 시끄럽게 한다. 남의 자리를 뺏거나 그늘지게 하는 생각이 점점 강고해지고 있는 세상에서 윤재경 작가가 생각하는 세상이 존중하고 따뜻한 세상인 것은 우리 모두에게 감사한 일이다.

　《다른 억양 읽기》를 구성한 4부의 글들은 서로 다른 시간을 품고 있다. 1부의 시간은 '돌아온 시간'이다. 2부의 시간은 '늘 그곳에 있었던 시간'이다. 3부와 4부는 '한때의 시간'이다. 하지만 같은 '한때의 시간'이 아니다. 사회적 시간이란 게 그렇다. 인간은 사회적 시간 속에서 전전한다. 살기 위해 일하고, 여기저기로 옮겨 다니는 시간이기 때문이다. 아무리 길게 머물러도 결국은 떠나게 된다. 그렇게 떠나 처음의 자리로, 늘 그렇게 지키고 있는 자리로 돌아와 시간에 대해 다시 생각하게 된다.

윤재경 작가는 《다른 억양 읽기》를 통해 시간의 배를 타고 항해하는 과정을 그렸다. 그는 거대한 세계를 모두 항해하겠다는 욕심을 내지 않았지만, 그가 항해한 시간은 우리가 익히 아는 시간의 모습 말고도 전혀 다른 시간의 모습도 들어있다. 어느 자리에 머문 시간과 맺은 깊은 내연을 파고 들어갔기 때문일지도 모른다.

우리가 사는 시간의 바다에 모든 것이 녹아들므로, 우리가 이해하지 못하는 것들이 가득한 거대한 바다라고 생각하겠지만, 시간의 바다는 '돌아온 시간', '늘 그곳에 있었던 시간', '한때의 시간'이란 해류가 서로 섞이면서도 제 모습을 유지하고 있는 문화적 기수지역으로 구성되어 있다.

서로 다른 시간의 독행(獨行)과 섞임, 동행을 구분하는 일은 어렵다. 그런데 구분해야만 삶의 시간을 이해하는 여러 창을 갖게 된다. 하나의 창으로는 편견만을 자라게 할 뿐이다.

윤재경 작가의 《다른 억양 읽기》는 그래서 빛난다. 그는 시간의 모든 면을 깊어지고 깊어지는 공간에서 읽어내고 있다. 그는 시간이 품은 공간성의 본질까지를 이해하고 있는 사람이다.

《다른 억양 읽기》를 읽는 이들에게, 자신의 공간과 시간이 세계의 중심임을 깨닫는 시간이 되기를 기대한다. 그 깨달음이 협애한 그늘을 만들지 않고 따뜻하고 존중하는 넓은 그늘을 만드는 데 도움이 되기를 기대한다.

– 천세진(문화비평가, 시인, 수필가)

새우와 고래가 함께 숨 쉬는 바다

다른 억양 읽기
– 서로 다른 생명들의 오롯한 삶을 위하여

지은이 | 윤재경
펴낸이 | 황인원
펴낸곳 | 도서출판 창해

신고번호 | 제2019-000317호

초판 1쇄 인쇄 | 2025년 04월 22일
초판 1쇄 발행 | 2025년 04월 29일

우편번호 | 04037
주소 | 서울특별시 마포구 양화로 59, 601호(서교동)
전화 | (02)322-3333(代)
팩스 | (02)333-5678
E-mail | dachawon@daum.net

ISBN 979-11-7174-040-6 (03810)

값 · 17,000원

Publishing Club Dachawon(多次元)
창해·다차원북스·나마스테